U0134131

2005年超人气青春情感小说再度出击

癞蛤蟆日记 天堂*

终结版
Paradise

飞天婆婆＊著

广州出版社

图书在版编目（CIP）数据

癞蛤蟆日记·天堂 / 康东著.—广州：广州出版社,2005.8

ISBN 7-80655-971-X

Ⅰ.癞… Ⅱ.康… Ⅲ.短篇小说—作品集—中国—当代

Ⅳ.I247.7

中国版本图书馆 CIP 数据核字（2005）第 061736 号

书　　名　癞蛤蟆日记·天堂

出版发行　广州出版社(地址：广州市人民中路同乐路 10 号

　　　　　　　　　　邮政编码：510121)

责任编辑　李筱敏

责任校对　林　穗

装帧设计　大象设计工作室

印　　刷　广州市诚誉彩印有限公司

　　　　　　地址：广州市芳村区鹤盛路 198 号 D、E 憧首层

　　　　　　邮政编码：510000

规　　格　880 毫米×1230 毫米　　1/32

总 印 张　36

总 字 数　720 千字

印　　数　5000

版　　次　2005 年 7 月第 1 版

印　　次　2005 年 7 月第 1 次

书　　号　ISBN 7-80655-971-X/I·135

定　　价　72.00 元（全四册）

如发现印装质量问题,影响阅读,请与承印厂联系调换。

目 录

前言

还是这个问题，爱情到底是什么？

像茶？白开水里放了茶叶，就如平淡的生活加入了爱情或欲望，然后在慢慢品尝的时候，仔细地体会个中味道。

像酒？芳香诱人，让无数痴男怨女沉迷，然后头疼，然后昏迷，然后清醒，然后再陷入下一轮的沉迷。

像烟？看得见，摸不着，闭上眼睛的时候，你感觉不到它的存在，但当你睁开眼睛的时候，却发现你已经被它包围。

像空气？平时并不在意，但少了它，人根本活不下去。

是牵挂？是心动？是恍惚？是甜蜜？是躁动？是坚持？似乎都是，却又不是爱情的全部。莎士比亚曾经说过：爱情是一朵生长在绝壁悬崖边缘上的花，要想摘取就必须要有勇气。

也许，有了勇敢，不管结局如何，他们都是爱情的赢家。

不过，并不是每个人都能勇敢地面对自己的爱情。

爱情是甜蜜的，但却不可能永远是甜蜜的，它可能出现误会、波折、甚至落到分手处境，当爱情出现裂缝时，就需要你扪心自问，自己真的爱对方吗？如果爱，你就应勇敢面对出现的问题，要知道，没有哪一份爱情是十全十美，没有半分波折的。托尔斯泰说：爱情不是语言所能表达的，只有用生活，用生活的全部来表达它。

爱情是由两个人每天的生活组成，有生活就会有一定的矛盾，可以说，生活，才是爱情的目的，这里的生活不是一个人好好活，是两个人如何一起好好过。真正爱一个人是无法

说出原因的,你只知道无论何时何地,心情好坏,你都希望这个人陪着你,真正的感情就是两人能在最艰苦中相守,也就是没有丝毫要求,毕竟感情是付出,而不是只想获得。

很多人都说,爱情其实只是一刹那的感觉,所谓刹那光辉就可永恒的说法,相信很多人都赞同的,却不知道要经历多少次碰撞才会有这一刹那的光辉。

我是个追求永恒的人,但,说说而已,永恒的本身又是什么?

这个世界上有两种人,一种人只追求新鲜,所以他们会不停地寻找新鲜的对象。而另一种人则渴望保鲜,所以他们会要求对一个对象永远保持新鲜。

新鲜和保鲜这两者,到底哪一个更难做到?

第一章
曾经心疼

碧波湖的水，渐渐开始变凉，南方的12月，虽然不如北方冷得那么厉害，但偶尔从北方袭来的冷风，却在提醒着人们，真的已经是冬天了。

湖边的野草四季常青，但湖边的树，却已是枯叶凋零，风过的时候，叶子便再也抓不住那无力残枝，随着漫天的飞絮落入湖中，毫无希望地旋转几下，然后被湖水吞噬。

离开深圳已经三个月了，我已经渐渐习惯了独居的生活。每天，我都喜欢坐在湖边欣赏湖心岛的白鹭，欣赏它们的自由。

偶尔，我也会把吉他带来，在湖边谱一两支小曲。为自由，也为爱情，为昨日，也为未来。

现在，就连小鸟天堂的白鹭也已经觅地过冬去了，湖心岛只剩下那棵苍老的榕树，在默默期待着它们来春的归来。

期待是一种痛苦？还是一种快乐？我经常在问自己这个问题，然而，我从来没有找到过答案。

问老和尚，老和尚干脆不理我。这段时间，他除了偶尔

跟我下棋之外，基本不再跟我谈什么禅了。或许他认为，禅本来就是不可谈的吧。又或许他认为我情孽深重，已经到了不可救药的地步，所以也就懒得理我了。

踏着满地的黄叶，走在这条熟悉得再也不能熟悉的湖边小路上，心情经常会随着天气变化而变化。

从秋天的落寞到冬天的深沉，碧波湖让我感受了真正的自然。

顺其自然的自然，就如白鹭在天上滑过一般。

但我的心境，却不自然，因为我明明很想回深圳，很想陪在如烟的身边，却又在尽力地克制自己，因为我们约定的时间还没有到。

而另一个让我不能回深圳的原因，就是李心。

我竟不知道该怎么面对她。

她守着那个店子，其实只是守着她的希望罢了，但我知道，我给不了她什么希望，因为我连自己的希望在哪里都不知道。

同在深圳，相连的两个店子，相识的两个女人，一个是我深爱的，而另一个则是深爱着我的。

我的希望在哪里？

如烟是我的希望，而我则是李心的希望，每当我想起临别时李心坚定的眼神，我便会有一种心疼的感觉。我的希望如果实现了，那就注定李心是要失望的。

我只能选择自然，顺其自然。等，等约定时间到来的那天再说吧。

我没有换电话号码，是为了让如烟可以随时找到我，但自从我离开深圳之后，她就一直没有给我来过电话，我明白她的意思，所以我也没有打电话给她，我尊重她的意见，一切都等到那一天再决定。

同样，我跟李心也没有通电话，我想，她也同样明白了我的意思吧。

但我每天都开着手机，哪怕是半夜。

因为我知道，如果有如烟的电话打来，那应该就是我们重逢的时候了。

我不知道自己还要在这里住多久，但我很平静，大概是因为我租的房子，就在碧波湖旁边吧。看着湖水，我的心情就很容易平静。

不管碧波湖的白天有多热闹，但到了晚上，总是显得那么安静。这段时间，只要天气晴朗，我都喜欢在晚饭后带着吉他到湖边弹上几曲。

我特别喜欢在当日跟李欣、如烟经常一起玩耍的那个小亭子里弹琴。

李欣逝去之后，我跟如烟一起把她的骨灰撒落在这些她曾到过的地方。我想李欣的芳魂此刻应该也在听我弹琴吧。

我弹的，还是那首如诗如画的《春江花月夜》，心里想的，还是六年前跟李欣和如烟一起的快乐日子。

但我明白，我对李欣的思念只是一种缅怀，而我的爱情，始终在如烟身上。想起如烟，我又会很自然地想到李心。这

女孩子仿佛是命运跟我开的一个玩笑，她跟李欣的姓名只差一个字，但读音却完全相同。以至刚认识的时候，我怕自己再想起李欣而不愿意叫她的全名。

李心和李欣虽然不是同一个人，但她们却有很多相似的地方，最重要的，是她们对爱情都那么执著。李欣的忍耐与牺牲跟李心的狂热与真挚，都同样让人感动。但我爱的人，偏偏就是如烟。

世事如棋，很多事情，真是不可以勉强的。在感情方面，其实每个人都一样，只能勉强自己，不能勉强别人。李心不能勉强我，就如我不能勉强如烟一样。

时间一点一滴地过去，回头看时，却发现昨日的情景虽然还在脑海，但竟已物是人非了。

每次，我到这小亭子弹琴的时候，脑海里都会翻起那些往日的片段，有时候我也在问自己，如果李欣真的还活着，那么我又会爱着谁？

我知道这是一个永远也不会有答案的问题，但我却总是挡不住思念的侵袭。记忆里，李欣的轮廓还是那么鲜明。

夜，那样深沉。琴声，也那样的深沉。但今天不同。

今天的琴声，居然有了听众，我的身后，居然有了脚步声。

转过头去，就看到了一个女孩子，她正向我走来，走得很慢，仿佛怕自己的脚步踏碎了草地上的宁静。

她确实是在向我走来，虽然我不认识她，但我觉得，一个女孩子能在这时候孤身走向一个陌生男人，肯定有点原因的。

今夜无月，却有风，风不大，却带着凉意。

人也很美，长发如瀑，神采飘逸。

她虽然走得很慢，却又带着一种飘然的感觉。

我忽然想起逝去的李欣。

3

我抱着吉他，静静地看着她，她眉宇间已经有了成熟女人的风韵，却又带着一点女孩特有的羞涩。我猜不出她的年龄。

"你好。"她跟我打招呼，微笑间露出两排洁白如月的小贝齿。

"你好。"我带着疑惑，"有什么事么？"

说实在，我没有在晚上跟陌生女孩搭讪的习惯。一来是因为怕被人误会我不怀好意；二来是因为在这种清净的环境下，我怕碰到鬼。

"经常听到你的琴声，今天终于忍不住出来跟你认识一下。"她轻声地说，"希望不会让你觉得我太冒昧吧。"

我确实经常在这里弹琴，被人听到也算正常，但她说经常听到，那就是说她也是住在附近了？

我看了看四周，除了我租的那栋楼之外，别的房子离碧波湖都有点距离，应该不会听到我的琴声才对。

她说她是因为听到琴声所以才"出来"认识我。那她从哪里出来？

我感觉全身的寒毛忽然就竖了起来，下意识地把吉他挡

曾经心疼

在胸口："如果我的琴声打扰了你，我道歉。"

"你不用道歉，我很喜欢你的琴声。"她又笑了笑，是因为这里真的比较黑暗还是因为我自己的心理作用，我觉得她的笑容竟有点诡秘。

"经常听你的琴声，觉得你好像带着一种很沉重的心情在弹。"她接着问，"你有很多心事？"

好奇估计是全天下女人共有的天性了，这个世界上或许会有不吃饭的女人，但一定没有不好奇的女人。我也好奇，她居然可以从琴声中听懂我的心情。

"你学过？"我小心地问，我发现自己的声音竟有点缥缈，仿佛是从寒毛里渗出来似的。

不管白天有多热闹，但晚上，这里是荒郊野岭。

在荒郊野岭跟一个从黑暗中冒出来的女孩子说话，本来就不正常，而且这女孩还是因为听到我的琴声才"出来"的。

我再次向四周张望了一下，想看看李欣会不会也随着我的琴声"出来"。

但四周再也没有别的人，只有风声，四周的残枝败叶被夜风戏弄着，像一只只正在张牙舞爪的怪兽。

她还是微笑着，声音很温柔："没有学过，但我爱听。可以告诉我，你叫什么名字吗？"

"凌风。"

"心也如风，人也如风，世事如风，逝者如风，很好的名字。"她说。

她随口就能说出这一连串带风字的话来，看来真的不简单。

"我叫小倩。"她的声音很轻。

"什么?"我怀疑自己听错了。

"我叫小倩。"她因我的反应而觉得奇怪。

自从看了张国荣主演的电影《倩女幽魂》之后,我就对小倩这个名字有了深刻的印象。是不是每一个在夜里听到琴声而"出来"的美女,都可以叫做小倩?

我脱口而出:"你是怎么死的?"

4

我想我确实是被周围的气氛感染了,所以才会问出这么突兀的一句话来。事实上也就是这样,此时此地忽然冒出一个自称是小倩的美女,谁都会冒冷汗。

我的问话显然在小倩的意料之外,她吃惊地看着我,然后就笑了:"你以为我不是人?"

我讪笑道:"这里的夜晚太安静了……你说你出来,我……我以为你是从下面上来的……"

她笑起来真好看,就算真的是鬼,我也不会太害怕吧?

"我有那么恐怖吗?"她看着我。

"不不不,你很漂亮,只是这环境……"我说。

"看来我把你吓倒了。"

我是男人,哪里有这么容易被吓倒!我说:"如果真的被吓倒了,也不会有胆量问出那句话了。"

她笑道:"我住在那边的房子里。"她指了指不远处的一栋小别墅,说:"一次回家的路上偶尔听到你的琴声,觉得

很好听，之后就开始留意，只要看到你背着吉他来这里，我就会走来倾听。只不过你一直没有发现我的存在而已。"

一般情况下，我弹琴的时候都是很投入的，可以说得上是旁若无人，何况在这种地方，晚上也根本不会有什么人。

来这里三个月了，我几乎没什么机会跟女性聊天，日间所见，不是和尚就是游客，没什么好聊的。

今晚忽然冒出一个漂亮女孩，我的聊天兴趣马上就出来了。我指了指我住的小屋，说："我住在那栋房子的二楼。"

"租的？"

"是的，不过很舒服，有家具，还装了宽带。"

"你上班？"

"现在没具体工作，来这里算是散心吧。"

有时候，我会很感激李心，离开深圳的时候，我曾经说过把影碟店送给她，事实上影碟店一直都是她在经营，而我投资的本钱也已经赚回来了。但每个月，她还是会把属于我的那一半利润划到我信用卡上。

她听了我的话，又笑了："散心的另一个意思，就是逃避吧？"

这女孩子好像挺有学问的，说出来的话带着一种哲理，又仿佛是在刺探我的秘密。我笑了笑说："没有什么可逃避的，人生在世，能逃得到哪里去？就算能逃出现实的困惑，也逃不过心魔的追杀。"

"我也没有工作。"她说。

"很多时候，漂亮的女孩是不需要工作的。"我也是在试探她么？我不知道自己的好奇心什么时候开始也变得那么重了。

除了如烟，这些年来，我已经没有对任何女人产生过好奇。

她笑了笑说："你很聪明，我有老公养着。"

不知道怎么回事，听到她说有老公养着，我整个人忽然就变得很轻松。我的情债已经够多了，以至我现在害怕认识单身女人。

"你这么晚出来，你老公不管你？"我问。

"他应酬去了，说是谈生意，要很晚才回来呢。"她问，"那你女朋友不管你？"

我摇了摇头，说："她一向都不管我的。"

我无意识地撒了个谎，我这样说，是在掩饰我独居的现实，我不希望别人认为我是一个没有女朋友的人。

但话说回来，只要我跟如烟之间约定的时间没到，她都还算是我女朋友。

"你的女朋友不喜欢听你弹琴？"

"喜欢，但晚上，一般都是我自己出来。"我又撒了个谎，如烟根本就没在这里，又怎么来？李欣虽然也是她的好姐妹，但她却从来不喜欢跟我一起缅怀，就算她在，估计也是不肯跟我出来的。

我还想说话的时候，小倩却已向我告别："夜了，我该回去了，改天再来听你弹琴。"

"好的。"我也有点困了，这段时间，我的作息时间渐渐有了规律，不再过当吉他手时那种黑白颠倒的生活了。

"很高兴认识你，再见。"

"我也一样，再见。"

她像来的时候那样，小心地踏着草地走了。在这样的时

候认识这样一个女子，竟让我有一种莫名其妙的兴奋，或许这是我太长时间没跟外界接触的原因吧。

我发现在这里，我跟和尚唯一的区别就是我还留着头发。

但这是我自找的，我乐意，我甘心，我现在租的那栋房子，就是当初跟如烟、李欣一起住过的房子。

为了自己的幸福，我能等。

小倩忽然又趸了回来："刚说了再见，就真的再见了。"

我笑问："再见有什么事么？"

"我刚才忘记问你了，你在家上网吗？"

"上的。"

"可以把你的 QQ 号码告诉我吗？"

"可以。"

我把 QQ 号码告诉了她，对一个已经有了老公的女人，我通常都不会有什么戒备。

要了我的 QQ 号码之后，小倩又飘走了，看着她远去的身影，我忽然又想起如烟。这几个月，如烟是否还快乐？此时此刻，她是不是也在想念我？

对爱情来说，最大的考验就是时间。如烟在给我出了个难题的同时，其实也给她自己出了个难题。

我隐在桃源，想要清心还比较容易，她身在都市，看得见的都是诱惑，她能不能也像我一样享受寂寞？

回到房里打开电脑，QQ 上果然就有了一个新来的信息："我是刚才听你弹琴的小倩。"

另一条信息，却是阿秀发来的留言："我在海南岛，过两天回广东，你还好吗？"

5

　　有时候，我真的挺羡慕阿秀的，当日在深圳的时候，她就是我们当中最潇洒的一个。孑然一身，不为情困，不为俗悲，一部相机走遍大江南北。

　　我离开深圳之后没多久，她也走了，作为一个自由摄影撰稿人，深圳的那个小窝对她来说可能连旅馆都不如。

　　我羡慕她的生活，可以一边赚钱一边旅游。换作是我，或许要一路街头卖唱才可以维持生计了。

　　这几个月，我们经常互通信息，但多是留言，真正在网上聊天也只有一两次，这大概是因为我们上网的时间段不同吧，她每到一个地方，都会上网把她的行踪告诉我，但每次都是来去匆匆，等我发现信息的时候，她已经不在线了。

　　我一直没有把自己的行踪告诉她，因为我怕她告诉李心。而事实上她也从来没有问过我，因为我在哪里，对她来说根本不重要。

　　对于我跟李心、如烟之间错综复杂的感情纠葛，她一直都抱着冷眼旁观的态度。尽管她是李心的闺中密友，知道李心的很多秘密，但她从来都不跟我讨论我们三个人之间的感情问题。

　　在我看来，她是个不懂爱情的人。记得有一天我问她为什么不找男朋友的时候，她几乎都不想就说："找个男朋友？还不如养条狗。对狗好一点，狗会逗你开心，你对男人越好，男人就咬得你越狠。"

对于她的爱情理论，我一向都不敢苟同，但我没有反驳她。每个人都有自己的爱情观，每个人都有权选择自己的生活方式，谁也不能说自己就是对的。

何况她确实比我活得更自在。

爱情不是生活的全部，更不会是生命的全部，跟她熟悉了之后，我反而挺佩服她，至少她不用靠爱情来支撑自己的灵魂。

我给阿秀回了个信息："有椰子就捎几个回来给李心和如烟吧。"

信息发出去之后，我忽然想起，现在已是深冬，何来椰子啊？想再发个信息挽回失误的时候，小倩的信息就来了："帅哥，睡了没有？"

"没呢，你老公回来了没？"

"刚来过电话，说晚上不回来睡。"

"呵呵，独守空房，不害怕？"

她发了个笑脸："习惯了。你老婆呢？她在看我们聊天么？"我点了根香烟，然后才给她回信息："她习惯早睡。"

"呵呵，幸福的女人！"

看着她的信息，我忽然便感觉到自己的寂寞，曾几何时，就在这个房间，我上网的时候，如烟真的就在我身后的床上安睡。

或许如烟现在也已经睡了吧，在她父母的身边。

我敲着键盘："早睡就幸福？什么理论？"

"能早睡，而又睡得着，难道不是一种幸福？"

幸福的定义，原来可以这么简单。

我叹了口气说："那想要幸福也太容易了，买点安眠药，就全世界都幸福了。"

　　她的网名引起了我的兴趣，随手点开了她的个人资料——

　　躲在黑暗里的猫

　　年龄：22

　　个人说明：我是猫，喜欢在阳光下伸懒腰，却又习惯在黑暗中寻觅，阳光让我充实，但黑暗却让我更加真实。

　　我想了一下，便又给她发了一条信息："你的个人资料挺有趣的，那你到底是喜欢阳光还是喜欢黑暗？"

　　她居然没有回信息给我，等了一会儿，就看到她的 QQ 离线了。

　　难道没有说再见的再见，才是真正的再见？

曾经心疼

第二章
爱的伤口

桃源的白天，总是那么热闹，碧波湖游人不绝，桃源庙香火不断。

我的心情却跟人流成反比，人流越多，我就越感觉到孤独。有时候我不禁佩服庙里的和尚，他们长年住在庙里，求的是个什么？

跑去庙里想找老和尚下棋，却没看到他，一问之下，才知道他又开会去了。这老和尚怎么就这么多会要开呢？

无聊中只好在碧波湖闲逛，湖边有不少人在垂钓，省钓鱼者协会在这里有一个分点，能在这里钓鱼的人，都是钓鱼者协会的会员，老年人居多。

我像梦游一样走过他们身边，无意间听到了两个老者的对话。

"老陈，跟你一起来了这么多次，怎么从来没有见你去拜佛？你不信佛？"其中一个说。

那个被称作老陈的老者笑着说："我信，开始也拜，但

后来就不拜了。"

"为什么?"

"当年这庙在重修的时候,我也是这里的工人。"

"这跟你拜不拜佛有什么关系?"

"换成是你,你用木头水泥筑起一个佛像,你还会不会去拜?"老陈从怀里拿出烟叼在嘴上:"就算这佛像后来塑了金身,我还是认得它的本来面目。"

这话让我大感兴趣,我掏出火机打着了送到老陈的香烟前。

我算是个不速之客吧,老陈看了我一眼,便在我的火机上点燃了香烟,对我笑了一下,算是道谢。我借机就在他身边坐了下来,接过他刚才的问题:"老伯的见解似乎很有道理哦。"

老陈爽朗地笑道:"一家之言,信口开河,信口开河呀!"

我到庙里去,经常也在佛前上香,但那不是拜佛,而是出于对佛的尊敬和信仰。我同样认为佛不是拜了就有用的,归根结底还是要参要悟。设个佛像,其实是给世人有个心灵的寄托而已。

或许因为我是陌生人吧,老陈似乎不太愿意跟我谈佛的问题。我想说话的时候,他的目光已经转到了水面的鱼漂上。

鱼漂任动,显然是有鱼上钩,只见鱼漂忽然猛烈地抖动了几下,老陈马上站了起来,开始摇动着鱼竿上的线圈收紧鱼丝。果然是有鱼咬了鱼饵,虽然还看不到鱼,但鱼漂已经扯到水下,鱼丝也已被绷直。

老陈犹豫了一下,便放松了线圈,估计是水下的鱼被钩到嘴唇，吃疼之下拼命挣扎吧，只见线圈急速的向反方向转动，水面上的鱼漂也被拉出好远。

过了一会，那鱼漂的移动缓慢了下来，老陈马上又开始转动线圈，把鱼丝收紧，当鱼丝再次绷直的时候，水下的鱼显然又开始了新一轮的挣扎，拼命地往水底游去，把鱼竿又拉成了一个弓形。

于是老陈再次放松了手中的线圈……

如此几次反复，终于看到老陈那之前如鱼丝般绷紧的脸上露出了笑容，只见他慢慢地摇着线圈，把鱼丝一点点地往回收，然后我就看到一条大草鱼翻着肚子浮出了水面，被渐渐地拉到岸边。老陈从身旁的小水桶里拿出一个捞网把鱼捞了上来，把鱼口中的钩子拔出来之后再把鱼丢进小桶里。

我目不转睛地看着这整个过程，感同身受地分享了老陈的乐趣，见大功告成，便马上衷心地说："好厉害！"

老陈的笑容，很得意，指着桶里的鱼对我说："这鱼，最少有3斤重。"

一根小小的鱼丝，居然能把3斤多的鱼钓到手，我说："佩服！"

老陈"哈哈"一笑，说："这就是'放长线吊大鱼'！它开始上钩的时候，被钩子钩住了嘴唇，肯定会拼命挣扎，别小看这鱼，它挣扎起来的力气可大得很哪！如果我当时跟它硬扯，这鱼丝这么细小，肯定就被它扯断了。"

"于是你就放松了鱼丝？"我说。

"是呀，它嘴里的钩子始终让它疼着，就算我放松了鱼丝，它还是会拼命地挣扎，拼命地游。"

我明白了！我说："等它游累了，你又收紧，它吃疼，

又拼命挣扎，直到真的游不动了，你才把它扯回岸边。"

老者笑着点了点头说："就是这样！"

那一瞬间，我忽然想到了爱情！

女人想游的时候，又何妨放她去游一下？游累了，她自然就会被你拖回到怀里了！而回忆就是钩子。每个人都有回忆，不管你游出多远，这回忆总会钩在你的心头，吃不下去，吐不出来，钩子的另一头，则是命运，每个人都被命运的细丝牵着，想要挣扎，谈何容易！

夕阳西下，彩霞漫天，我的心情忽然变得很恬静，我开始相信如烟的选择是对的，分开确实不意味着终结。

或许，我们在扮演钓者的同时，都在充当着对方的鱼。五年同居的回忆，就如带着鱼饵的钩子，把我们牵在命运的细丝上。

在某些方面，爱情跟钓鱼一样，收得太紧，反而就什么都没有了。

晚上，打开电脑把白天的一些收获记录下来，房门居然被敲响了。

来这里住了三个月，从来没有人敲过我的房门，房东也没有敲过，房租都是我提前交给他的。

除此之外，知道我住在这里的人，只有一个。

小倩！

2

果然是小倩。

我拉开房门，就看见了她。她穿着黑色的风衣，头发有点凌乱，神情中带着沮丧，看到我开门，她眼睛马上一亮，说："你果然住在这里。"

她的眼眶红红的，似乎刚哭过。

我沉吟了一下，便侧了身子说："进来再说吧。"

她走进小客厅，便向我的卧室里张望，问："你女朋友呢？"

我一边关门一边问："你是来找我，还是来找我女朋友的？"

她有点尴尬地说："这么晚跑来打扰你们，真的不好意思。"

我说："很不巧，她老家有事，今天回去了，要过一阵子才回来。"

她的举止神态，让我想起她的网名，躲在黑暗里的猫，她现在就像只黑色的猫，楚楚可怜，又带着神秘。我想她不会无缘无故地就跑来敲我的房门吧！深夜到访，必有原因。看她失神的表情，我又不忍问她，还是等她主动说吧。

那天在黑暗中我感觉到她的秀气，今天在灯光下，我才真的看清楚小倩的容貌，果然是天生丽质。她坐在客厅的小

沙发上，看着我，过了好一会，才伸手对我说："你有没有烟？给我一支。"

她的话让我想起李心，当日我跟李心的认识，就是从她向我要烟开始的。历史不会重演吧？小倩可是有老公的人！

我拿出烟递给小倩，然后帮她点燃了。但她显然不会抽烟，猛吸两口，便被呛到了，捂着胸口一连串地咳嗽。

"不会，就别抽！"我说。

"抽着抽着就会了。"她一边咳一边说，"人家都说女人在抽烟的时候特别有味道。"

这倒是真的，我也认为是这样。

平时，我看到女孩子被烟呛到的时候，都会忍不住取笑一番，但今天，我笑不出来，她咳嗽的声音，带着一种可怜的感觉，我看着她："你先别忙说话，先咳完了再说。"

在饮水机倒了杯热水递给她，她慢慢地喝下去，渐渐地止住了咳嗽。然后我在她对面坐下来，看着她，等她说话，

她显然有点慌乱，在我的眼神下，她又有点不太自然，眼睛也不敢跟我的眼睛对视。

"我……我能不能在你这里借宿一晚？"她说得很小心，眼睛看着地面。

她好像有点做贼心虚，却又带着一种无助，我犹豫了一下，说："我女朋友不在家，恐怕……"

她马上紧张地说："我知道你是好人，我看你弹吉他的样子就知道……"

我没说话，只是点燃了香烟，默默地看着她。

她终于抬头，看着我，说："我知道这很冒昧，我们之间并不熟悉，但……但我确实没地方可以去……我在门外站

了好久，才鼓起勇气敲门的……"

有时候我不明白，女人带给我的，到底是幸福还是麻烦？

我吸了两口烟，叹了一口气，说："你睡房间，关好门。"

我的话似乎让她松了一口气，"你呢？你睡哪里？"她问。

我指了指沙发。说："我知道你肯定有原因，你如果不愿意说，我就不问……"

我的话，让她陷入了沉默。

我抽着烟，看着袅袅上升的烟雾，想像着她站在黑暗中孤立无援的样子……

良久，她从沙发上站起来，看着我，她慢慢地把手伸到自己的胸前，慢慢地解开了风衣的第一颗纽扣……

我从座位上跳起来，说："你要干什么？"

她看着我，没说话，风衣的第二颗纽扣，却已经在她的手指下离开了扣眼……

3

爱的伤口

小倩的风衣里面，是一件粉红色的短袖线衣。

我一向都很欣赏皮肤白皙的女孩子穿粉红色的衣服，因为那样会使她们的肤色显得更加健康。小倩的手臂看起来就很健康，仿佛白玉般，竟有点半透明的感觉。

她小心地把左臂上的袖子捋起来，我就看到了她肩上的

淤青，很大的一个印子，跟旁边雪白的肌肤相比显得极不和谐，灯光下，很有点触目惊心。

我知道，只有摔伤或是被钝器砸伤，才会有这样的伤痕。

如果是摔伤的，我想她会直接回家找老公包扎，根本没有必要到我这里来。于是我小心地问："你老公的杰作？"

她缓缓地摇了摇头，把风衣披回身上。眼眶一红，眼泪就流了出来。

我叹了口气，把纸巾递给她。

她接过纸巾，轻轻地擦着眼泪。

我抽着烟，没有再问，很多事情，问了不见得就是好事。

这里是风景区，热闹的只是白天，晚上基本没什么人行走，附近的小商店不到 8 点就已经关门了。我想了一下，便到楼下敲响了房东的门。

房东是这里的老村民，在这里住了几十年，应该会有些备用药品。

我敲了好一会儿，房东才骂骂咧咧地起来开门。

看见是我，他有点意外："这么晚了，有什么事？"

我硬着头皮说："不好意思，这么晚打扰你，我有个朋友不小心摔伤了，想问你有没有药酒什么的。"

房东"哦"了一声便说："怎么这么不小心！你等一下。"

过了一会儿，他拿了一个小瓶子给我，说："只有这个，你先用吧！"

我拿过来一看，是正红花油。于是便连声道谢回到房间。

把药递给小倩，我说："这药油散淤血一流，你涂在伤处，用力地擦，擦到皮肤发热，很快就好了。"

小倩看着药油，小声地问："用力擦？会不会很疼？"

这药我用过，知道用法，我说："开始有一点疼，擦到发热的时候，就不疼了。"

小倩将信将疑地把药油倒在右手的掌心上，便开始用力地擦着肩膀，房间里马上就挥发着一股浓烈的药味。

她的表情很有点滑稽，眯着眼睛，龇牙咧嘴的。过了好一会儿，她才停下来说："果然发热了！"

我说："行了，明天再擦几次，就好了。"

小倩呆了一呆，喃喃地说："如果爱情也能这样，多好啊！"

是吧！爱情也总会有伤口的，但却好像没有哪种药能治疗这个伤口。能说得上是爱情疗伤药的，恐怕只有时间了。

但时间到底是不是真的就能治愈爱情的伤口呢？我看也未必吧，有些记忆，不管过了多久，都还是同样清晰的。

我叹了口气："你先休息吧，有什么事，明天再说。"

小倩抚着肩膀，终于低声说："是被烟灰缸砸的。"

我点了点头说："过几天就好了。"

"不是他弄的，"小倩顿了一下，接着说，"是他老婆。"

灯光下，她的神色显得那么凄凉，我忽然就理解了她的网名。

难怪小倩喜欢阳光，却又只能躲在黑暗里了，现在看起来，她确实有点像只流浪猫。

"想听我的故事么?"她问。

我吸着烟,又给她倒了杯开水:"你想说,我就听。"

她笑了笑,有点无奈,又带着凄凉:"其实也没什么故事,一句话就说完了,我是他二奶,今天他老婆找到了这里……"

我叹道:"她不去管好自己的老公,却来管你?"

这世界,一只巴掌是永远也拍不响的。

小倩拿起桌上的香烟放在唇边,再次点燃了,咳嗽了两声,嘴巴吐出了淡淡的烟雾,看着烟火,她说:"抽烟好像也不是那么难学!"

"你想学的时候,吸毒也很容易学会的。"我说。

她看了我一眼:"你信不信?我是在农村长大的。"

我摇了摇头,然后又点了点头。印象中,农村出来的女孩子,很少有这么白皙的皮肤。但她既然这么说,我就只能信了。

"刚开始出来的时候,是跟老乡一起到电子厂打工。"她说。

我笑了笑:"很多人刚来广东的时候,都是先到电子厂打工的。"

"我工作很勤快,半年时间我就从一个普通的计件工升到车间主任的位置,同去的姐妹们都很羡慕我。"她说。

我吸着烟,默默地看着她,等待她的下文。她顿了一下,接着说:"再后来,我就做了秘书。"

"你是长得很漂亮。"我说。

她自嘲地笑了笑:"我家穷,没有钱供我读大学,但工作后,我一直没有放弃过读书,我特别喜欢文学。"

我早就从她的言谈中知道她看过的书不少。

“然后呢?”我问。

“他就是我的老板。”她缓缓地说。

这样的故事，每年不知道要在报纸杂志上看过多少次，早已是见惯不怪了。小情不是第一个，也不会是最后一个。

“他强迫你了?”我问。

她看了我一眼，似乎觉得我问题有点奇怪，然后她摇了摇头。

“你那时候知道他有老婆吗?”

“知道。”她说。

灯光显得有点昏暗，烟雾袅绕中，我叹了口气，没再问下去，我觉得已经没什么好问了。周瑜打黄盖，一个愿打一个愿挨，就像乌云来了要下雨那么简单。

“那一年，我父亲病逝，弟弟又考上了大学，家里就母亲一个人守着四亩地。”她喝了一口热水，“我弟弟是村里第一个大学生。”

我叹道：“钱真的很有用。”

她又吸了一口烟，黯然道：“其实，他也挺可怜的。”

我冷笑一声，带着嘲讽：“这个世界，有工厂、有二奶的可怜男人确实不少。”

财富和美女，一直都是男人追求的两大目标。我觉得无论谁在拥有了这一切之后，都不可以用可怜来形容。

　　但小倩并不同意我的观点。

　　"他没有爱情。"她说。

　　"哦?"我冷笑道，"有了老婆就没有爱情，有了二奶之后就更没爱情了!"

　　小倩显然被我的话刺伤了，她忽然瞪着我，说："你是看不起他? 还是看不起我?"

　　其实，我跟小倩之前只聊过一次，根本还没熟悉。她能坐在这里跟我聊天，是因为我的同情心。

　　我叹道："算了，不聊这话题了，我听得累，你早点休息吧。"

　　她的情绪有点激动，语调明显比之前高了："你知不知道? 他本来就是被迫和那个女人结婚的!"

　　没等我说话，马上又接着说："我们的经历很相似! 那个厂，其实是他岳父的! 他以前不过是厂里的一个打工仔而已! 后来被他老婆看上了，就软硬兼施地来追他。当时他和我一样，在农村的老爸得了癌症! 他为了钱，最后才做了上门女婿!"

　　她一口气把这些话说下来，有点上气不接下气，俏脸通红，丰满的胸脯也随着她的喘气起伏不定。她的话虽然不太通顺，甚至有点次序混乱，但我还是听明白了。

　　"他既然做了上门女婿，又做了厂长，就该负责任吧!"我说。

　　"你没见过他老婆!"她气愤地道，"样子不说，就说性格脾气，以前我还在工厂上班的时候，经常看到他老婆到办公室来，当众对他大呼小叫的，不但不给他面子，还经常在大家面前提醒他，他只不过是个上门女婿! 稍有一点不顺心，就在办公室里乱砸一通。"

"这样的女人，我也见识过。"我想起佳佳，她有本事把电视机从六楼丢下去。

"你以为我跟着他，只是为钱？"小倩说。

"难道不是？"

"我弟弟读大学的时候，他是给过我一大笔钱。"她喘着气，额上有些细微的青筋浮了出来，"但他做上门女婿的，平时都被老婆管着，又能有多少钱？"

"难道说你喜欢他？"我冷笑道。

"我也不知道，但我们在一起很开心。"她放缓了说话速度。

"那他爸爸现在还在吗？"我问。

"半年前去世了。"

"那他还有必要跟她在一起？"

"他爸爸去世之后，他很伤心，但她的老婆根本没当一回事。"

"现在他没什么牵挂，如果真的爱你，为什么不干脆离婚跟你在一起？"

我的话让小倩一呆，过了大概半分钟，她才说："他说过要与妻子离婚，让我给他时间。"

我笑了笑，说："可怜的男人……"

她双眼一瞪，不满地说："你这话什么意思？"

我看着她的手臂，摇了摇头，说："今晚终于被抓奸在床了吧！"

她终于被我的话刺得愤怒了，她从座位上站起来，大声地对我说："确实，今晚是被她老婆找到了，还被她打了，

现在他们还在房间里闹，如果不是他护着我，我根本出不来！"她擦了擦脸上因愤怒而憋出来的汗水，嘶声道，"我本来就没什么朋友，这里又是市郊，我唯一能找的人就是你，我知道，仅凭一面之缘就来打扰你，是不应该的，我现在就走！不敢打扰你了！"

我一手拉住她："三更半夜的，你要去哪里？"

她甩开我的手，说："去哪里都比在这里被你讽刺好！"

我知道我刚才说话是有点过分了，至少不要在她情绪激动的时候说那样的话，再怎么说，现在大家已经是朋友，这样说话确实不道义，我说："我道歉。"

"你说得没错！我就是二奶，就是被人抓奸在床！你用不着道歉！"她向门口冲去。

我不是个会说话的人，但我会做我认为是对的事。

我一手抓住她，把她扯进卧室推到床上，说："你可以睡觉，可以上网。天亮之后，你想去哪里都可以，但现在，你只能在这里。"

说完，我走出客厅，把房门锁上了。

她在里面哭着，"咚咚咚"地敲门，我隔着门喊道："我说道歉了，你还想怎么样？"

她哭着道："你是我什么人？凭什么管我？我要出去！"

"你既然来了！就不要想太多！我是你朋友！"我说，"知道吗？朋友！"

我说了这句话之后，房间里忽然就安静了下来。

然后我听到她走向电脑的脚步声。

6

五年前如烟跟李心在这里的时候，我也曾睡过沙发。那时候的感觉，跟现在完全不同。那时候是有备而战，把沙发垫得跟席梦思一样舒服。

而今晚，我却是无"被"而战，重新搬到这里来住之后，我只带了很简单的行李。别说被子，连衣服也是少得可怜。

人没躺下的时候不觉得冷，但躺在沙发上，马上就觉得寒气侵人了。没有被子的冬夜，忽然就变得漫长起来。

我抽着烟，盘算着该怎么度过这个难熬的夜晚，小倩在房里敲门："麻烦你开一下门，我要上洗手间。"

我估计她现在的情绪应该已经稳定下来，便给她打开了房门。

从洗手间出来之后，她慢慢地走到我面前，小声说："刚才是我冲动了，对不起。"

她像一个做错了事的孩子般看着我。眼眶里还含着泪水，我不忍再让她难堪，便说："刚才是我鲁莽了，该我道歉才对。"

她听了我的话，仿佛松了口气，马上就有了一丝笑容："那就扯平吧，谁都不要生气了。"

我点了点头："嗯，扯平。"

"这里很冷，你进来睡吧。"她看着我。

她的眼神，好像有点异样。

我摇了摇头:"就一张床一张被子……"

"你在这里睡到明天,肯定会着凉感冒。"

我动了两下手臂,装出一副风雨不侵的样子说:"别看我瘦,我身体好得很!"

我确实很瘦,特别是离开深圳之后,可谓是衣带渐宽了,对如烟的无比思念让我憔悴了许多,偶尔看着镜子里的自己,也会有一种岁月催人老的感觉,毕竟我也快 30 岁了。

都说三十而立,这些年我寻寻觅觅,觅了什么?连唯一可以依靠的感情也变得如此不堪。

小倩说:"别装了,你睡床上,我打算通宵上网。"

这倒是个好办法!但我知道,她其实也累了,刚才"战斗"完之后又在我门外站了这么久,不累才是怪事。我想了一下,说:"还是你睡吧,我上网。"

她摇了摇头,说:"我喜欢上网,刚才 QQ 上不少好友都在,你睡吧,我跟网友聊天。"

我还是有点犹豫,总觉得这样不太妥:"那天亮之后你有什么打算?"

她呆了一会儿,说:"能有什么打算?那房子是我租的,她再怎么闹,也不可能闹到明天吧?"

我叹了口气:"现在的女人,难说。"

她接口道:"你好像很了解女人的?"

我马上摇头!只有傻瓜才会在女人面前说自己了解女人!我说:"不!正因为不了解,所以才不明白她们的想法,也不知道她们在什么情况下会有什么举动。"

"我是女人。"她的妩媚中又有了无奈,"有时候我也不知道自己在做什么。"

"我想每个人都会有这样的时候!"我抽着烟,"做一些连自己也无法理解的事情。"

她点了点头,赞同地说:"现在不是流行一夜情吗?万一今天晚上我们发生了,那就是谁也不知道自己在干什么了!"

我咳了一声打断她的话题。离开深圳有三个月了,这三个月我没碰过任何女人,受不得诱惑!

"晚了,你真要上网,我就睡了。"我说。

她看着我,好像来了兴趣:"你刚才咳嗽的样子挺可爱的!"

我却一点也不觉得自己可爱:"可爱这个词,不该用在30岁的男人身上。"

她忽然叹了口气,说:"哦!你是70年代出生的人。"

"是的,70年代。"我奇怪地问,"你叹什么气?"

"60年代出生的人靠精神,70年代出生的人靠感觉,80年代出生的人靠触觉。"她缓缓地说,"我是80年代出生的,靠触觉,所以我们会有很多不同的意见。"

对于她的话,我有点不屑:"触觉?跟麻木有多大的区别?"

她笑了笑:"爱情本来也就这样。"有时候我不得不承认女人是可以随意控制自己表情的动物,刚才看她的眼眶还有泪水,现在她的笑容居然又有了阳光。

"我不喜欢跟比我小这么多的人讨论爱情。"我捻熄了烟,"等你真的懂了,再跟我讨论这个问题吧。"

"你认为我不懂?"她不服气。

"你懂?"我冷笑道,"你爱他?"

她一愣,说:"爱又如何?不爱又如何?"

我哈哈一笑，站起来说："你上网吧，我先睡了！你走的时候不用叫我，帮我把门关好就行。"

7

醒来的时候，小倩已经走了。想起昨天晚上的事，觉得她挺可怜的，一个人出来混，本来就不容易，做人家二奶，就更是有苦说不出了。

这世界上有多少像她这样的女孩？

小倩说她做二奶不仅仅是为了钱，我也只能祝她幸福了，希望她的男人对她是真心的吧。

这个世界，真正愿意为了爱情而放弃金钱和事业的男人，毕竟不多。我对着镜子问自己，如果如烟她妈妈要我做上门女婿，我做还是不做？

我被自己的问题吓了一跳。我居然也不知道这问题的答案。之前我觉得只要如烟愿意跟我在一起，哪怕是天塌下来，我都无所谓。但每个人生活在这世界上，都不能只为自己活着，我也有家人。

爱情是不是真的可以不讲条件？我变得迷惘。

打开电脑，意外地发现小倩给我的留言：你是个怪人，你的房间里没有任何一件属于女人的东西，你却说跟女朋友同居，我想知道你的女朋友是不是长胡子的？别吓我，我害怕同性恋。

我是个怪人吗？那天随口说自己跟女朋友同居，只不过是为了不想惹什么麻烦而已。没想到小倩这么快就把我的谎言揭穿了。不过现在就算对她坦白，也没什么，反正她是有老公的人，不会让我有什么感情上的麻烦。

她的QQ没在线，估计她经过一晚的通宵上网之后，现在正睡得香。我想了一下，便给她的QQ留言道：女侠果然明察秋毫，在下十分佩服。不过我声明，我不是同性恋者，我的女朋友在深圳工作，她很好。

现在想来，小倩也是个怪人，我怀疑她根本也不明白自己为什么甘心做人家二奶。她对那个男人是爱情还是同情？怕她自己也分不清楚吧！男人在女人面前几乎都有资格成为电影编剧，说不定那些悲惨经历都是那男人编出来骗她的。

我知道小倩很需要朋友，昨天晚上，我说她是我朋友之后，她的情绪马上就平静了。有时候，朋友真的很重要，如果她不是刚好在前几天认识了我，很可能就要在碧波湖边冻一个晚上。

我觉得小倩的故事可以写成小说，之前阿秀说出版社的编辑看了我写的《爱到深处是心疼》之后很感兴趣，可以考虑出版。让我对自己的文字充满了信心，这段时间，我都习惯把身边发生的一些事情记录下来，打算作为以后写小说的素材。

做了这么多年吉他手，能真正改行成为作家，应该会不错吧。相信只要努力，我会成功的。

走出房子才发现，竟然又是傍晚了，我特别喜欢碧波湖的傍晚，一色的金黄，湖面的粼光，天边的云彩，都会让我有一种心旷神怡的舒畅。

也只有在这时候，我的心情才是最好的，而今天的心情

就更好了！

心情好是因为我忽然明白了什么叫真正的巧合。

夕阳下，有人在拍照，碧波湖的夕阳，确实很能吸引一些摄影爱好者。

阿秀就是其中之一。

她还是一身牛仔服一对旅游鞋，背着一个大旅行包，浑身上下散发着随心所欲的味道。我看见她的时候，她正踏着夕阳向我走来。

"哈哈！"她笑道，"我在取景框里看到一个玉树临风的男人。还以为看错了！没想到真的是你！"

确实是意外！这一刻我忽然明白，人生好像就是由很多不同的意外和巧合组成的。我笑了笑："有大摄影师帮我拍照，却也难得。"

阿秀哈哈大笑说："我很早就知道这里了，但一直没来过，今天顺道来取几张碧波夕阳，但没想到！没想到！真的没想到！"

我也很高兴！跟阿秀的意外相遇，让这个冬天的夕照多一些朋友的温暖："呵呵！这算不算身无彩凤双飞翼？"

她笑了笑："心有灵犀！"

8

阿秀是个习惯流浪的人，爽朗干脆，跟她在一起，感觉比较像兄弟。

晚饭是在桃源里的小餐馆吃的，虽是偶遇，但有朋自远方来，我理所当然地尽了地主之谊。

她看过我写的《爱到深处是心疼》，知道我现在住的还是五年前曾经住的那间房子，好奇心便来了："当年你们三个人，真的在同一屋檐下生活了半年？"

我其实并不愿意再提当年的事，李欣已经西去，那段日子，再提也没什么意思，我说："是的，但能不能聊点别的？"

阿秀便笑了："看来，你还是放不下李欣。"

"胡说什么呢！就是因为放下了，所以才不想再提。"我夹了一块鸡肉放在她碗里，"你还是尝一下这里的本地鸡吧，又嫩又滑。"

"你错了。"阿秀说。

"哦？"我不明白什么地方错了。

"你是没放下，所以不敢再提，如果真正放下了，就是再怎么提，也不会伤到你。"阿秀看着我，那神色居然有点像老和尚。

我想了一下，觉得她说得比较有道理，或许当我能坦然面对的时候，才是真正的放下了。

我笑道："你如果做了尼姑，一定有机会开悟。"

她唾了一口，笑骂道："你才是，在这里窝下去你迟早会变和尚。"

"我没有大学文凭，没这资格。"我哈哈一笑，说，"你现在云游四海，又不要男朋友，跟做尼姑其实区别也不大吧！"

阿秀笑道："我不要男朋友，并不代表我不要男人。"

这话我不太理解，很多时候，她说话有点高深莫测的味道。

"这鸡味道如何？"我问。

"很不错！有鸡味！"阿秀赞口不绝。

"呵呵。"我笑了笑，"这鸡不是圈养的，满山跑，吃的是虫子，肌肉结实，身体健康，比那些吃饲料长大的鸡，味道不知道要好多少！"

"难怪吃起来这么有弹性，口感很爽！"

我忽然想笑，想着想着就笑出声来。

阿秀见我无缘无故地发笑，停下筷子奇怪地看着我："你傻笑什么？"

"你好像也是满山跑，四海为家的。肌肉应该也满结实吧。"我笑着说。

"你这个混蛋。"她明白了我的讽刺之后，马上就回击，"我当然是身体健康，但你别把我跟鸡相提并论。如果这么说，你就是吃饲料长大的，看你瘦的，就像在闹饥荒一样。"

"我瘦？我壮的时候，你还没见过呢！"我不服气，跟她说话不用太斯文。

她饶有深意地看了看我，造作地点头说："嗯！我现在知道李心为什么这么喜欢你了！"

这家伙，刚把话题从李欣身上扯开，她忽然又扯到了李心，不过，几个月没见，我也想知道李心的近况如何，便问："说正经的，李心现在过得还好吗？"

"你走后没多久，我也出来了，具体情况我不清楚。"阿秀说，"不过，你刚开始走的那几天，她有事没事就跑到我房间来哭，后来大醉了一场，才稍微平静下来。"

"平静了就好，再难过的事，都会有平静下来的时候。"想着李心的野蛮和认真，我心里便有了一种惭愧的感觉。天意如此，这事却也无奈，她跟我相遇得太晚了。忽然又想起如烟，想起我们之间的约定，我的心便开始隐隐作疼，这个让我刻骨铭心的女孩，现在又在想什么？

"我被李心哭得受不了，干脆又跑出来采风。"阿秀说。

"没良心！亏你还是李心的姐妹，居然逃跑。"我说。

"嘿！就你有良心，你太有良心了，把一个活泼可爱的女孩子搞得整天哭哭啼啼的。"她冷笑道。

我闭嘴，吃饭。在李心的角度来说，我确实没有良心，把她的爱都交给了泪水，但我能如何？我爱的是如烟！我觉得如果违背自己的意愿去接受李心，那就是在骗她，那才是真正的没良心。

"我最怕看见姐妹掉眼泪，最烦姐妹为男人掉眼泪。"

"我也怕。"我的观点跟她基本是一致的，"看见女人掉眼泪，我就会不知所措，但我想谁也不愿意经常掉眼泪吧，只可惜这世界本来就有太多的无奈。"

"像我这样多好！"阿秀自豪地说，"全世界男人死光了，我都不会掉一滴眼泪。"

"你根本不能算是女人！"我想也不想就随口打击她。

"放屁！我比很多女人都更女人！"

"不懂爱情的女人，能算女人？"我笑着，继续打击她。

"我是因为懂了爱情！所以才不要！"阿秀据理力争，但我觉得那是歪理。

"按你这么说，世界上这么多恩爱夫妻，都不是爱情？"

"懒得跟你讨论这些事情了，你不懂我。"她有点不耐烦。

"我懂不懂你没关系，但你说不过我。"我得意地笑着。女人就是这样，她们永远也不会承认自己的错，当她们说不过男人的时候，通常也就是用一句"你不懂"来打发这个话题。

"附近有没有酒吧？"她抹着嘴巴，看样子对这顿晚餐很满意。

"晚上8点之后，这里不会有任何营业场所，但镇上好像有个小酒吧。"我问，"想干吗？"

"我们喝酒去。"她好像兴致挺高的。

但我却是个酒量奇差的人，能免则免，我说："这儿离镇上有5公里，太远了，不想去。"

"嘿！"她得意地说，"在深圳时我就见识过你的酒量，怕了吧？"

为什么女人总喜欢逼男人去做一些他不愿意做的事情呢！为什么女人总是在败给男人之后就会想到用别的办法来挽回面子呢！

说不过我，就想把我喝趴下？

我忽然就来了豪气："走！谁先倒下就是混蛋！"

9

酒吧很小，布置得很雅致，没有灯红酒绿的繁华，却带着一种特有的原始味道。放着很浪漫的蓝调音乐。

坐下来之后，阿秀便笑道："这里感觉更像咖啡厅。"

我也有这种感觉。但我们都是酒量不大的人，阿秀的酒量我也见识过，比我好不了多少。到哪里喝，其实都一样，而这里安静的环境至少不会让耳朵受罪。

我们两个人只叫了半打小瓶装青岛啤酒，用两个小杯子量着慢慢地喝。

灯光柔和，音乐浪漫。

阿秀边喝边唠叨："在这里喝酒不过瘾。"

"哦?"我问，"怎么不过瘾了?"

"你没发现，在这里喝酒，就跟喝咖啡一样?"阿秀不满地说，"这样喝，到天亮也喝不完这六瓶酒。"

我笑道："别指桑骂槐了，你其实是在说跟我喝酒不过瘾罢了。说白了，我酒量就是不好，没办法，就算到 Disco 里，我也只能慢慢地喝。"

阿秀说："不能喝酒的男人，不能算是男子汉。"

估计她叫我来喝酒，最终目的就是想打击我罢了。我随口道："是不是男子汉，不是由酒量决定的。"

阿秀说："反正我认为不能喝酒的，就不是男子汉!"

女人从来不会真正明白什么叫强词夺理，就算她们正在这样做，她们也会觉得道理真的在她这一边。而一般情况下，我是不会去计较的，只有傻瓜才会去跟一个强词夺理的人讲道理。我笑了笑说："能讲道理的时候，就不叫强词夺理了。"

"嘿!"阿秀冷笑道，"男人说不过女人的时候，通常就会说人家强词夺理。"

我知道她的冷笑是装出来的，她只不过是想拿回一点在饭桌上丢掉的面子罢了。我说："你的酒量也不见得好到哪

里去，别逞强了。"

说这话的时候，我就已经料到她会不满，但我没想到她的挑战来得这么快，她一拍桌子，说："我不行？我让你一半，你喝一杯，我就喝两杯，看谁先倒下！"

不知怎么回事，她拍桌子的神态，竟让我想起那种大块吃肉大碗喝酒的山东大汉。我拱手道："女中豪杰！"

她哈哈一笑，故意粗着嗓子学男声说："俺走南闯北这么多年，怕过谁来！来来来！酒来！俺跟你大战三百回合。"

不用三百回合，还不到三十个回合，我们就倒了。

我认为，我没输；但她认为，她赢了。两人一边喝酒一边聊天，几乎把所有的话题都聊完了。

走出酒吧的时候，两个人都已经要扶着墙壁走路，但神智却还清醒。舌头虽然不太听指挥，却还能说话。

阿秀对着天空大叫道："痛快痛快！好久没有喝得这么痛快了！"她那风中散发的样子，又让我联想到那些古代的大侠，是落魄江湖载酒行？还是天子呼来不上船？我也搞不懂。

上不上船，我不知道，但我知道，现在该是上床的时候了。冬夜的风都带着刀子，如果继续在夜街发疯，会被割伤的。

"你打算到哪里睡？"我扶住大侠，问，"这旁边就有旅馆。"

"你睡哪里？"她反问。

"我租了房子，当然睡家里。"

"那我也睡你家里。"

"我那里只有一张床。"

阿秀哈哈大笑，指着我说："你醉了！"

"你才醉了！"我虽然头晕得厉害，虽然也有天旋地转的感觉，但我还能明白自己在说什么！

"你如果不是醉了，怎么会说出这么没脑筋的话来呀！我睡觉只要一张床而已呀！你那里真有两张床我还睡不上呢！"她是真不懂还是假不懂？

我说："那我睡哪里？"

"你睡哪里关我什么事？"她扬手就叫停了一辆出租车。

这就是女人，一个可以做我兄弟的女人！

无奈之下，我只好跟着她上车。

"请问你们要去哪里？"司机问。

阿秀指着我，喷着酒气说："去他家！"

夜色如墨，万籁俱寂。

我终于把阿秀扶回房间。伸手想去开灯的时候，却被她拦住了："别开灯。"她的声音忽然就变得温柔，完全不像刚才那个狂放的大侠。

"你到底醉了没有？"我晕乎乎地问，"你忽然这么温柔地说话，我很不习惯。"

黑暗是不是真的更能引起欲望的膨胀呢？我不知道，阿秀的身子就在我怀里，刚才扶着她的时候还没有多大感觉，但现在，我忽然感觉到她的温度。

"我没醉！我清醒得很！"她大着舌头，却还是能让我听清楚她的话，"我好久没有被男人抱过了，今晚借个怀抱用用。"

我知道她没有男朋友，知道她视男人如粪土，知道她把爱情看得一文不值，但我更知道她是李心的好姐妹！

我轻轻地推开她，强笑道："女人是不是都习惯在酒后才暴露真实的自己？"

她却赖在我的怀里，酒气扑在我身上："什么是真实的自己？"

我不知道，但我感觉现在的阿秀跟没喝酒前的她好像变了一个人。

我三个月没抱过女人了。忽然间在黑暗中享受一个女人的投怀送抱，会是什么感觉？

我没有再刻意推开她，一直我都把她当兄弟，借个怀抱让她温暖一下，也未尝不可，我说："喝酒之后，缺点就暴露出来了，你变得像女人了。"

她哈哈一笑，说："我？我优点多着呢！就算喝酒之后像女人，也不能算是缺点！"

我忽然地无语了，这种时候，我不该跟她开这样的玩笑。不欺暗室，才是真正的男子汉大丈夫。

她抱着我，柔声地问："你现在感觉到我的优点没有？"

我忽然想起晚饭时吃的本地鸡，便笑说："嗯，果然是满山跑的，够结实。"

这恐怕是我这辈子第一次用结实来形容女性了。虽然只是隔着衣服，我还是能感觉到她顶在我胸前的丰满。那种弹性，并非一般感受。

我的血液已经开始加速运转，并且往下半身集合，没办法，那是本能，由不得自己控制。

黑暗是不是真的能让人的情欲变得直接？美酒是不是真的能让人为自己的出轨找个合适的借口？

我虽然晕，我的体温在升高，但我毕竟是个有理智的人。

我勉强自己推开她，说："我们是好兄弟，你是李心的好姐妹！"

她忽然又笑了，黑暗中我看不到她的表情，但她的声音，却充满了不屑："我说过，我不要爱情，但我没说过我不要男人！谁说女人不能有欲望？哼！谁规定上床就一定要有爱情？"

她终于开始显示她的风格，原来她之前说的不要爱情，却是这个意思！

"男人可以把女人当成工具！女人为什么不能把男人当成工具？"她冷笑着，仿佛在发泄自己对整个世界的不满！

但我可不是工具，至少我不希望充当阿秀的泄欲工具。我们太熟了，熟得我根本没把她当女人看。虽然她也是姿色出众，但我不希望享受同性恋的感觉。

我把她扶到床上躺下："你喝多了！别跟我发疯！"

她一把抓住我的手，翻身骑在我身上，扑在我耳边小声说："过了今晚，我们照样是兄弟。"

她的气息喷得我耳根发热。

我挣扎道："你到底醉了没有？"

"我没醉，我知道自己在说什么！我现在感觉很飘然！"她摸着我的脸。

我是男人，我几乎忍不住就要和她亲热一番！但那只是

几乎而已，我忽然就变得很冷静，因为那一刹那，我想起了
如烟。

"我不想了解你的深度和湿度。"我把她的身子翻下来，
说，"不管你要什么，但今晚我最多只能抱着你睡一晚。"

她叹了口气，无奈地说："老古董，不懂风情，不解温
柔，没意思，一点都不好玩。"

女人在叹气的时候，至少表示她是放弃了。

我其实也冲动，那是一种本能，但或许是我真的食古不
化吧，我是70年代的人，不靠触觉跟人上床。我抱着她，轻
声说："好兄弟！今晚就这样睡吧。"

她"嗯"了一声说："抱紧一点，用力。"

11

但愿长醉不复醒，只是但愿而已，第二天中午，我们就
醒了。

昨天晚上大家都喝多了，说过的话，本来不该再提的，
但阿秀的记忆力却惊人的好。她一边整理衣服，一边对我笑
道："心心说跟你上过床，大概也是这样吧？"

当日李心也是喝醉酒跟我睡在一起，但那天晚上和昨天
晚上不一样，那次如果不是如烟刚好打电话来，我们已经彻
底地深入了解了。阿秀则不同，我对她谈不上欲望，或者说，
我对她的兄弟情谊超越了男女之间的情欲。

其实关键还是她昨天晚上的话，让我不怎么舒服吧，我

不想做她的泄欲工具。

我笑了笑，说："床的定义很宽的，只要是睡觉的地方，都可以称之为床。"

白天的阿秀，怎么看都是青春开朗活泼野性的女孩子，我佩服她的潇洒，也佩服她可以抛开爱情享受情欲，但我做不到，或许我真的就是个老古董吧，又或者我真的是怕了。没有女人的日子难过，但女人多了，日子会更难过。

阿秀对我的评价很中肯："你是个很理性的人。"

有时候我确实也想放纵一下，但我的理性却总是在扼杀我所有的放纵念头。我跟她不同，我要爱情。

"呵呵！"我在给自己找理由，"庙就在附近，住久了，难免会沾上一点和尚的味道。"

"心心跟我说过你们之间的约定。"她笑了笑，那笑容有点贼。

"你是她姐妹，她当然是什么都跟你说了。"话虽然是这么说，但我想李心应该没有把我们最后的疯狂告诉她。

阿秀提议去庙里参观。我这做兄弟的，理所当然就是导游了，跟阿秀在一起有个好处，就是自然，可以毫无顾忌地说话，这大概也是我把她当兄弟的原因之一吧。

庙不远，沿着碧波湖散步，一会儿就到了。到大雄宝殿上香之后，又带她参观了鲤鱼池、放生亭、报恩泉，最后我们买了两袋鸽食，在山门的广场上喂起了鸽子。

这庙里养着上千只鸽子，是专供游人喂养拍照的，鸽食撒在地上，鸽子便成群结队的围上来争食，一点也不畏生。

阿秀看到鸽群围着我，便拿相机捕捉了不少镜头。她笑着说："这几张照片如果被编辑看中，我就会起个好听的名

字。"

"什么名字？"我一边给鸽子喂食，一边问。

"放鸽子的男人。"她笑问，"你觉得如何？"

"我这叫喂鸽子！"我连忙更正，"我从来不放鸽子！"

"嘿嘿！"她的笑容忽然就多了一些诡秘，"你不放鸽子？你至少是放了李心的鸽子！"

我放李心鸽子？那谁又放了我的鸽子？如烟？还是根本是我自己在放自己的鸽子？

我苦笑一声，无言以对。

或许是天气转冷的原因吧。庙里的游人并不多，懒懒散散的就几拨人，放眼看去，却意外地看到了小倩。

小倩穿着一身灰色的套装，脖子上围了一条白色的围巾，看起来精神很好，她的心情似乎也很好，她正在跟身边的男人说话，脸上带着笑容。

那男人大概也就二十五六岁的样子吧，穿了一身西装，打着领带，看起来很斯文。我猜那该就是她那厂长老公了。

我正犹豫着要不要过去跟他们打招呼，小倩已经看到了我，挽着那男人向我们走来。

我拉了拉身旁的阿秀，小声说："咳咳，碰到朋友了，看敌情说话。"

因为之前我已经知道了小倩的故事，所以很自然地就对

她身边的男人多看了几眼，这厮是挺帅的，而且年纪轻轻，步履间居然就有了大将之风。难怪他老婆要送大床送厂房的把他招进门了。我想小倩之所以甘心做二奶，跟这男人的长相也有很大关系吧。

小倩倒很自然，像老朋友一样对我介绍："风，这就是我男朋友周浩。"

我笑了笑，跟周浩礼貌地握了握手，说："你好。"

说实在，在这种地方遇见他们，确实没什么话题，一句你好之后，我也不知道接下来该说什么。还是小倩主动问我："不介绍一下你旁边这位？"

我便把阿秀介绍给他们认识。

小倩听了便笑："是不是你老婆？"

我连忙摇头："不是，是兄弟。"

小倩若有所思地点了一下头，说："哦！兄弟！"

阿秀插嘴道："说是姐妹也可以。"

小倩又笑了笑说："那不妨碍你们兄妹把臂同游了，我们改天再聊。"说完她便拉着周浩向另一边走去，才走了两步，却又回头对我说，"对了，刚才忘记告诉你，我搬家了。"

都被人杀上门了，不搬家行吗？我心里暗笑，随口问："搬哪里了？"

"也是在这附近，比原先的环境还好一点。"她说。

她原先什么环境？是被大老婆追杀的环境，但我又想不明白了，这小倩跟周浩也真的是胆大，前天才被抓奸在床，今天就敢挽手同行，难道不怕人家杀个回马枪？现在碰到我们还是小事，如果碰到别人，什么结果就难说了。

不过这年头，多一事不如少一事，各人自扫门前雪，我也懒得问了。

看着他们远去的背影，阿秀叹道："好般配的一对金童玉女啊！"

我点了点头，说："是的，郎才女貌。"我没打算把小倩跟周浩的事告诉阿秀，免得她又大发感慨。

"羡煞旁人咯！"阿秀说话的语气有点怪，好像在影射什么。

"是啊！"我说。

阿秀看着我问："这么漂亮的女孩子落入别人怀抱，你是羡慕还是妒忌？"

我就知道阿秀的话是有针对性的，我笑了笑，说："电影明星更漂亮呢！还不都是在别人的怀抱？这事羡慕是可以，但妒忌就没必要了。"

这小倩前天晚上还睡在我家呢！如果当时我要乘虚而入，应该也不会太难吧？像她这种做二奶的，老公经常不在家，哪里耐得住寂寞？回想那天晚上的情景，其实小倩对我已经有语言挑逗的嫌疑了，只不过我没有上当罢了。

美色是每个男人都欣赏的，却不是每个男人都有胆量享受。我就没这个胆量，因为越是美丽的女人，麻烦事就越多。就一个如烟已经够我头疼的，还有李心，更让我郁闷。如果贪图一时之快再惹上别的麻烦，那才真的是死无葬身之地了。

我相信阿秀不会成为我的麻烦，但我偏偏又不愿意沦为她享受快感的工具。

一切如风

离开桃源庙的时候，已是傍晚。

踏着斜阳跟阿秀走在碧波湖边，忽然又想起了李欣和如烟，李欣最后一次去见老和尚的时候，老和尚不但亲自把我们送出山门，而且临别还赠我一句让我至今仍在苦思的话：三界何须细认，眼中一叶飘零。

和尚的话虽然难懂，但隐约中却感觉他仿佛已经知道李欣将去而提前给我一个安慰似的。

夕阳依旧在，曾照彩云归。这样的夕阳，也曾照在我和李欣身上！

踏着残叶，迎着凉风，阿秀忽然问："你是风?"

我不明白她为什么会问这个问题，或许是名字的关系吧，我确实喜欢把自己比喻成风。我看着她，点了点头："我是风。"

阿秀的目光，忽然又转向了天边，那一抹彩云，如情人脸上的红晕，淡淡的，却带着温馨。

"你不是风。"她说。

我笑了笑说："我是人。"

"你见过被绑住的风吗？"阿秀问，"当风被绑住的时候，就不再是风了。"

我还是淡淡地笑了笑，这个问题，我早就想过，我确实没有资格成为真正的风。

"你该知道我在说什么。"她说。

我当然知道她在说什么，我被太多的东西绑住了，亲情、爱情、友情甚至同情，都可以绑住我。

但我终究是个人。

我冷笑着问阿秀："无情人算不算人？"

阿秀抬腿把脚边的一根枯枝踢飞，笑着说："我是不是人？"

我只好点头说："是。"

"我就是个无情人，但我比你们都活得开心。"

我冷笑："你真的无情？"

她缓缓地吟道："何必多情？何必痴情，花若多情，也早凋零。"

风有点冷，吹在脸上，让人忍不住想逃。

我叹了口气："吃火锅吧，先暖了身子再说。"

还是在昨天的店子。

火锅，四季火锅，两荤两素，点菜的时候阿秀又叫了啤酒。我本来想阻止的，但见她只叫了两瓶，就作罢了，两瓶啤酒还是在我的能力范围之内。

"喝酒暖胃。"她说："特别是冬天，喝了之后气血运行快，身体暖和。"

我笑道："想喝酒，理由多的是。"

"那倒也是。"她点头赞同，"想醉酒，理由也多的是。"

"别告诉我你又想找理由醉酒啊!"对于女人的醉酒，我一向都是持反对态度的。

"今天不打算醉酒。"她说。

"那就好!"有时候我觉得女人醉酒之后的花样比男人还要多。

"其实! 喝酒的真正境界，是到七八分酒意的时候。"她说，"只有到了那个时候，才是真正的享受，如果真的醉了，反而落了下乘。"

我赞成她的观点，有时候，我觉得阿秀虽然年龄不大，但很多见解都很独到，这或许跟她的游历生活有关系吧，见的世面多，见识自然就广了。

两瓶啤酒，我们像品茶一样慢慢地喝着，谁也没有喝出酒意来。走出餐厅的时候，天已全黑，我问她："今晚还打算睡我那里?"

她笑了笑："好兄弟!"

酒醉之后我们都没能发生什么事，难道清醒的时候还怕她不成? 我说："行，反正我的床宽。"

她哈哈一笑，说："别把我当女人就行了。"

忽然想起白天她在庙里说的话，我笑道："你别把我当工具就行了。"

"有一个秘密，你不知道的。"她看着我，眼神居然又露出了狡黠。

"哦? 什么秘密?"

"其实。"她微笑道，"我一向喜欢裸睡。"

今夜的风好冷，我忍不住打了个寒战。

我的房间里，除了床，还有电脑。

阿秀霸占了我的床，我就选择了通宵上网。她可以做到视我如工具，而我却没办法不将她当作女人。

"你真的不睡?"她问。

我的视线从荧光屏转向她，洗澡之后的她，穿着睡衣靠在床上，别有一番撩人的诱惑。

我摇头说："坚决不睡，明天你走了之后，我一次睡个够本。"

"子曰：'食色性也。'你懂?"虽然是用成熟的口吻在说话，但她托着腮帮子的姿势，又让我感觉她只是一个小女孩。

"我当然懂。"我说。

她哈哈一笑。

我说："情债太多。"

她瞄着我，悠悠地说："所谓情债，都是你自己造成的。如果你能把情字放下，也就无所谓情债了。"

我冷笑道："是啊，我是有情人，所以我会惹上情债，而你是无情人，不管别人为你做过什么，你都不会放在心上，所以你才不会有情债。"

情债永远只存在于心里，当你觉得一切都无所谓的时候，心里也就不会再有情债了。

这一刻，她的眼神中竟有了迷茫，好一会儿，她才叹了口气，幽幽地说："其实，我也曾经有过惊天动地的爱情……"

这是我意料中事，一个像她那样的女孩子，如果没有经历过爱情，又怎么会有这么随心所欲的行为。

"你的爱情故事，应该也是很精彩吧？"我好奇。

她点了点头："惊天地而泣鬼神。"

我把椅子扶正了，认真地看着她："愿闻其详。"

她看着我，良久，忽然浅笑了一下，说："你会知道的，但不是现在，我不喜欢穿着睡衣跟男人研究我以前的爱情。"

我把她挂在床边的牛仔服丢给她："你穿上就行了。"

她接过衣服，却又丢还给我："算了，旧梦不需记，提了也没什么意思。"

我破口就骂道："你说了半截又不说，把我的胃口吊在半空中，算怎么回事？"

"哈哈！"她又恢复了之前的随意，笑着说，"我就是要吊你的胃口，你能把我怎么样？"

这女人确实难对付，我能把她怎么样？

每个女人心底都会有一些只属于她自己的秘密，我无奈地说："随便你吧，你既然不想说，那我上网了，你明天要回深圳，早点睡吧。"

"嘿嘿！"她问，"有什么话要我带给你的债主吗？"

"什么话啊！债主？"我对她的讽刺不太满意。

"没有债主，又何来情债？"她懒洋洋地说道。

我考虑了一会儿之后摇了摇头，说："不用了，你最好别跟李心说你来过这里，也别说我们见过面。"

"我明白你的意思。"她善解人意地说，"我也不想惹麻烦。"

电脑上传来"滴滴"的声音，屏幕右下角的 QQ 标志忽闪着，点开看时，却是小倩发来的信息："你在吗？"

阿秀笑问："网络情人？"

"我从来不搞什么网络情缘，现实的都顾不来，还网上？"我笑道："是下午在庙里碰到的那个女子。"

阿秀忽然问："知道你为什么生活得那么沉重，而我却活得那么潇洒吗？"

我微笑道："我不觉得自己有多沉重，也不觉得你有多潇洒。"

"你别嘴硬了。"她说，"有些事情，你就算不承认，别人也是一样看得出来的。"

我看起来就那么沉重？在这宛如世外桃源的碧波湖边悠闲的生活，何来沉重？对很多人来说，这里可以算得上是天堂了！

阿秀微笑着，缓缓地说："每个人来到这世界上，都背着一个空篓子，而每走一步，都要从这世界上捡一样东西放进去，所以才会有越走越累的感觉。"

我笑道："你倒挺会说故事的。"

她笑了笑，继续说："每个人的篓子里，装的都是自己精心挑选的东西，所以很多人就算觉得沉重，也不舍得丢掉。"

我明白她的意思，但若要丢掉，又谈何容易？

"你丢掉了吗？"我问。

"我？"她扬了扬眉毛，"或许我的篓子里根本就没有装过东西!"

"哎!"我不禁叹了口气,"你拥有的是美丽的身体,而我拥有的是美丽的记忆,我们根本就是不同的人。"

"你既然那么喜欢记忆,那为什么不让我在你的记忆里增加点什么呢?"她说。

"正如你所说。"我把她的话还给她,"我的篓子已经装得够沉重了。"

"或许吧!"她有点无奈,"大部分女人都喜欢有责任心的男人,李心跟如烟之所以那么喜欢你,我想也就是因为这个原因。而我却是例外。"

我笑道:"你现在让我想起一种动物。"

"什么?"

"猫,你现在的姿势就像一只迷人可爱的小猫。"

"嗯,我也喜欢猫。"

"但你心态,却更像一只发春的小母猫。"我说。

"哈哈!"她丝毫不因为的我讽刺而不满,"我要什么,就追求什么,不像有的人,背着个沉重的背篓,想追都追不了。"

我叹道:"你是才女,我说不过你!"

说完,我给小倩回了个信息:"我刚来,你的一切都还好吗?"

阿秀从床上爬过来,趴在我身后说:"现在还早,我也睡不着,陪你泡妞吧!"

"这是朋友!"我没好气地说,"她老公一表人才,你今天也不是没看见!"

阿秀"嘿嘿"笑了一声,说:"不如我们去酒吧?"

"你自己去吧！就凭你的美貌，只要往吧台上一坐，保证有牛郎来勾引你。"

"嘿！原来你还不是瞎子。"

"或许我本来就是个瞎子，背着一个沉重背篓的瞎子。"

"来！"她扳过我的身子，让我面对她，"今天我让你重见天日！"

我还是忍不住自己的好奇，脱口而出："把你的故事告诉我，或许我还可以考虑让你治疗我的眼睛。"

QQ又响，小情的信息："我和他在一起，跟那女人赌上了。"

我跟阿秀一起盯着显示屏，小情的信息里充满了幸福："那天晚上，他跟那女人终于分手了，但他们还没有签离婚协议。那女人跟他打了一个赌，如果他在两个月内不回到她身边，就真的把他放了。"

我不太明白信息的意思，于是便问："我理解能力有限，能不能说具体一点。"

这本来是小情的隐私，但她既然主动告诉我，估计就是希望我能分享她的快乐吧。

过了一会儿，小情的信息又来了："我说得很明白了，他不要任何财产，只要跟我在一起！那女人就赌他离开之后经济能力坚持不了两个月。"

小倩的话还是交代得不清楚，但我开始明白她的意思了，大概就是小倩的男人现在只要美人不要江山，但他老婆却不相信他真的能把爱情看得这么重，所以才有了这个赌约。

　　阿秀看着信息笑道："这年头，真的是什么事都有啊，这有什么好赌的？男人变心有千万个理由，钱可以赚，但美女却难求啊！"

　　我说："那男人肯抛弃金钱和地位跟二奶私奔，无论如何也算得上是个情种了。"

　　阿秀冷笑道："能坚持两个月再说吧！"

　　"我相信他们会赢。"

　　"我觉得未必。"

　　我说："如果只是因为美色，那他完全可以重新找一个二房，反正他老婆发现的只是小倩而已！把小倩一脚踢开就行了。现在他能决定跟小倩在一起，就证明真的是有感情了。"

　　阿秀说："就算养只猫养只狗，时间长了也会有感情的。问题是现实永远比感情残酷。"

　　有时候，我觉得阿秀是个不怎么讲道理的人，她的道理就是道理，别人的道理就不是道理了！

　　我给小倩发了个信息："那我恭喜你了！祝你们能一直走下去！有什么困难，就找我吧，能帮的，我会尽力。"

　　我欣赏有情人，我觉得人之所以能生存于这个世界，归根结底还是因为有情！

　　而阿秀则不赞同我的观点，她挑衅说："要不要我跟你也赌一场？"

　　"怎么赌？"我问。

一切如风

　　"我赌那男的熬不过两个月就会乖乖地回到他老婆身边。"阿秀说。

　　赌就赌吧，我冷笑道："我就看不得你这种一竹竿打死天下男人的思想，我跟你赌！如果他能坚持两个月，就是你输了！"

　　"哼！那男的已经过惯了阔绰的生活，要他重新吃苦，最多一个月，就要打退堂鼓。"阿秀还在坚持自己的理论，嘴角间还露出了不屑的表情。

　　我有点恼火了，大声问："别说废话了，赌注是什么？"

　　阿秀想了一下，然后说："这样，我们赌一把狠的。"

　　"说！要怎么狠？"

　　"我们之间谁输了，就要任由对方处置两天两夜，这两天两夜之内，输的一方要无条件服从赢方的安排。"阿秀说，"敢不敢？"

　　这赌注有点大了，完全服从，万一我真的输了，她叫我去杀人，我岂不是要挨子弹？

　　正犹豫间，阿秀又咄咄逼人地说："怎么？怕了？不敢就算了！"

　　我受不得她的冷眼，便说："行！但要有条件的！伤天害理和违背良心的要求不能算在里边！不然的话，你叫我去抢银行，我怎么办？"

　　"嘿！"阿秀冷笑道，"还没开始赌，你就开始找后路了？是怕输么？"

　　我牙齿一咬，说："行！就跟你赌了！"

　　阿秀哈哈一笑说："果然受不了激将法！就依你的意思吧，赢的一方不能要求输的一方做伤天害理和违背良心的事。"

说完，她把手掌伸出来："今天开始算起，两个月！击掌为盟！反悔的下辈子变猪！"

我不再犹豫，伸出右掌跟她对了三下："就这样定了！"

其实，我已经想好了，小倩和他男人现在应该都还没有工作，如果生活困难，我就尽全力帮助他们！无论如何让他们熬过两个月再说！

朋友之间互相帮忙是正常的事，也不能算是我要手段吧！

阿秀见我跟她赌上了，便也满足地说："行了，你继续上网吧！我睡觉，明天回深圳。"

我忽然想起她自己的故事，便问："你的故事不打算告诉我了？"

"以后有机会再告诉你吧！"

我说："我想听你的故事！"

"嘿嘿！"她奸笑道，"现在本姑娘偏偏又没兴趣了，你上网玩吧！要是你敢躺下来，我就对你不客气了你！"

有时候，我真的不明白女人到底是怎么回事，你永远不会猜得出她下一秒是什么念头。

我笑了笑，说："你放心，就算你真的裸睡，我也不会多看你一眼！"

阿秀并不在意我的打击，还是笑眯眯地说："你不用打击我，我知道自己的身材条件，真要裸睡，我怕你会流一地的鼻血。"

我含笑说："不会的，我只会用你的相机，把你的睡姿拍下来罢了。"

她下意识地看了看相机，把被子卷在身上，骂了一句：

"变态！"

阿秀睡了之后，我马上给小倩发了一条信息："现在你们有没有工作？"

"没有，他刚从厂里出来，还没开始找工作呢。"

我看了她的信息，心里便笑，这对痴男怨女终于能在一起双宿双栖，只怕还沉浸在"蜜月"之中。我想了想，便问："你们经济有问题吗？"

"暂时还没有，他没有钱了，但我有，撑一阵子应该没问题。"

"你有？"

"跟了他这么久，他也给过我不少钱，我开销并不大，存下来的钱现在刚好可以派上用场。"

她这么说，我就放心了，看来小倩还是个蛮有头脑的人。

"把我当朋友吗？"我问。

"当然！你就是我的朋友啊！为什么这么问？"

"既然你把我当朋友，那么你记着，如果经济有困难的时候，无论如何要找我，我会尽量帮助你们的。"

"谢谢你，我真的感觉自己好幸福！他对我很好，很疼我，你又这么关心我。"

我只是关心赌局的胜负罢了。既然跟阿秀已经赌上了，无论如何我都要让小倩跟周浩能熬过这两个月，两个月期满之后，就算他们每天打架，也跟我没关系。

我没有把自己跟阿秀的赌约告诉小倩，只是再三叮嘱她要勇敢面对困难，尽量对老公好一点。

现在的小倩显然是被幸福包围了，确实，周浩能不顾一切地跟她在一起，她已经不能算是二奶，最多算是个婚外情，而且还有机会名正言顺地做周浩老婆，在感情的道路上，她现在已经是个赢家，只希望她能一直赢下去！

聊了一会儿，小倩便下线了，说是老公叫她睡觉。其实我也想睡觉，但床铺已经让给了阿秀，想睡也没地方睡，于是便趁这时间把几天来的事情作了个记录。想着小倩的幸福，心里便开始盘算着两个月之后该怎么享受我与如烟的重逢。

我想我赢了之后让阿秀做的第一件事，就是罚她用笔在纸上写一万句：我错了，我承认男人是有良心的。

然后呢？第二件事，我会让阿秀站好，面对着墙壁说一万句：我错了，我承认男人是有良心的。

做完这两件事之后，如果还有时间，我就大马金刀地跷着二郎腿，叼着烟，品着咖啡，让她坐在我面前，面对着我，不停地说：我错了，我承认男人是有良心的。

想到这些，我的心情就舒畅起来，两个月而已，弹指即过，以我的眼光看来，那时候的小倩跟周浩或许连蜜月期都还没过呢，如何舍得分开？何况还有我在一旁帮忙！嘿嘿！这个赌约，阿秀基本上是输定了！

床上的阿秀翻了个身，半截雪白的大腿从被窝里伸出来，修长而浑圆，堪称完美，看得我心神一荡，竟不由自主地顺着她的大腿联想到她别的器官，我想她如果真的要裸睡，说不定我就真的会流满地的鼻血。

我叹了口气，把被子扯过来盖在她的腿上。现在是冬天，大腿露在被子外，容易着凉。

她睡得很安详，脸上仿佛还带着笑意，估计是在做美梦吧，梦到她成了赌约的赢家？

我笑了笑，做梦而已，或许只有在做梦的时候，她才会赢。

我的脑海里忽然闪现出一幅画面，一幅阿秀低着头站在我面前求饶的画面。

夜已深，今夜的风好像有点大，正敲着我的窗户，好像还夹着雨丝。

阿秀走了之后没几天就是圣诞节。

这恐怕是我最寂寞的一个圣诞节。往年的圣诞节，不是跟乐队的兄弟一起，就是跟如烟享受二人世界，都是充满着欢乐。而今年，我一个人守着这个房子，除了晚饭时给家里打了个电话之外，几乎没有再跟外界联系。

整整一天，我都像个垂死的病人一样躺在床上，盼望着圣诞老人的来临。

到了晚上 8 点多，我终于忍不住从床上跳起来，打算给自己过一个圣诞节。

桃园的圣诞节也是静悄悄的，游客们似乎没有夜游碧波湖的习惯，我像个游魂一样，踏着寂寞走了将近两公里，才截到一辆出租车。

上了车，司机问："去哪里？"

我呆了一下，才说："到镇上去，哪里热闹在哪里停。"

我忽然想过节，不管有人陪伴也好，无人陪伴也好，我都要过节。

圣诞节前后，如烟和李欣的店子生意都应该不错吧！又或许她们现在正跟朋友们聚会欢乐呢。在出租车上，我几次拿出电话，都没有下定决心拨她们的电话号码。却鬼使神差地打通了阿秀的电话。

阿秀显然还在吃东西，话筒里传来她咀嚼的声音："圣诞快乐！"

"圣诞快乐！"我说。

她笑问："怎么想起给我打电话了？"

一种说不出的落寞涌上心头，我叹了口气："我爱的人，我不能打给她，爱我的人，我也同样不能打给她。想来想去，竟只有你可以说得上是异性朋友了。"

"哈哈！"她笑道，"你只打给异性朋友吗？"

我勉强笑了笑："一般情况下，只有在需要帮忙的时候，我才会给同性朋友打电话。"

"嘿！果然是有异性没人性的家伙。"

"身边没有女人，能在电话里听一下女人的声音，也是件好事。"

"所以说呢，我早就看透了你这种人！"阿秀说，"前几天在你那里的时候，你又假正经！现在我走了，你却装出一副可怜样来！"

"你可别误会！今天是圣诞节，我打电话只是一种礼貌的

问候。"我承认自己是个有贼心没贼胆的人,这到底是理智还是懦弱?搞不清楚!

"这里还有两个人在等着你的问候呢,要不要问候她们?"阿秀奸笑着说。

能跟阿秀在一起而我又认识的,也就只有两个人,如烟和李心,没想到她们居然在一起过节。

有时候我不太明白这些女人到底在想些什么,一个是深爱着我的人,而另一个则是我深爱着的人,现在居然跟一个愿意和我玩一夜情的"兄弟"一起庆祝圣诞。

我稍微犹豫了一下,轻声问:"她们都还好吗?"

"你怎么不自己问她们?"阿秀说。

"你不说就算了。"我说,"你们玩得开心点吧,我挂电话了。"

"随便你,你也开心一点吧!"阿秀说完挂了电话。

其实,我不是不愿意跟李心或如烟通电话,而是我实在不知道这时候能跟她们说什么,难道真的只说一句简单的"圣诞快乐"就可以?如果是这么简单,我又何必离开深圳。而她们都没有打电话给我,或许也是因为跟我有同样感觉吧,相对无语,不如不语。

司机在最热闹的街道停车,我下车后放眼望去,四周都是逛夜市的人流,看着那些骑在父亲肩膀上挥舞着气球的小孩,忽然又想到了我的童年,我的记忆中也曾有过这样的画面,那时候的我,应该是快乐的,有时候我觉得童年的快乐,其实只是因为思想的单纯罢了。

而骑在父亲肩膀上长大的小孩,长大了之后,又有几个人能够在需要的时候反过来背一下自己的父亲?

情人呢？街上也有很多搂腰搭肩的情侣在漫步，手上拿着荧光棒，低声谈大声笑的，看着就温馨，曾几何时我跟如烟也有过这样的快乐吧！去年今日，好像也是这个时间，我跟如烟就是走在这条街上，我还记得那天她穿的衣服是一套粉红色的运动服，脚上穿的是我送给她的运动鞋，头发用一个粉红色的发卡夹在一边，真是青春而动人。

　　我还记得那天走在这里的时候，如烟对我说的一句话："如果你敢当着这么多的人吻我，明年我就嫁给你！"

　　我也还记得，当时我听到这句话之后，毫不犹豫地就把她搂在怀里当众表演了五分钟长吻。我还记得当时周围好像还有掌声，也还记得，当时我的感觉就像在天上飘着一样。

　　爱情是浪漫的，但仅仅一年，我孤身走在这条曾经熟悉的街道上，竟显得如此狼狈。

　　是我错了么？还是如烟错了？又或者爱情本身就是错的？

　　醉乡路稳宜常至，它处不堪行。

　　我一头撞进了酒吧。

　　此时此刻，唯有一醉，方可解愁！

　　酒吧内气氛很好，乔装成圣诞老人的服务员来到我身边，给我发了个面具，快乐地说："欢迎光临，圣诞快乐！"

　　我忽然又想起五年前跟李欣和如烟一起的日子，我问："圣诞老人，这里除了酒，还有没有别的什么？"

　　那"圣诞老人"微笑道："只要是客人的要求，我们都会尽量满足的。"

　　我忽然又想笑，想放声笑："我不喜欢圣诞老人，这里有没有圣诞女人？"

　　"圣诞老人"愣了一下，然后抱歉地说："对不起，先

生，我们酒吧没有三陪小姐。"

我笑道："开玩笑的！帮我拿一打青岛啤酒来。"

人在天涯，何妨憔悴？

酒入金樽，何妨沉醉？

醉眼看别人成双成对，也胜过无人处暗自独垂泪。

独醉街头，我却没独睡街头，在酒吧泡了四个小时，我不知道自己吐了多少次，但最后，我还是顽强地晃出了酒吧。

夜已深，风更冷，头是晕的，脚步是虚浮的，连身上的衣服也是刚喝了酒的。

有时候我很佩服自己，在这样的情况下，我居然还能找到出租车，居然还能跟司机说清楚住址，居然还没有忘记给出租车司机付钱。

但下了车之后，我的头就更晕了，而且开始疼。

我几乎是爬上二楼的。

没想到这个时间，二楼的楼梯灯居然还亮着！

更没想到，我的门前居然有人，一个娇小的身子蹲在我的门口，双臂横在膝盖上，而脸则埋在双臂间，一头长发散漫地披散在肩膀，似乎睡着了。

我忍不住即兴唱道："长发飘飘的人哪，请问你是不是漂亮的女孩？蹲在我门前的人哪，请问你是不是我的圣诞女孩？"

我的声音虽然不算太大，我的歌声虽然不算好听，但已经足够把那睡着的人唤醒。

然后，我就呆住了！

是真的呆了。

6

每年的圣诞节我都会收到礼物，但今年的礼物，却有点特别。

圣诞老人真的替我送来了一个圣诞女人。

而且是我朝思暮想的女人，我爱的女人。

我确实没有想到在门口等待我的人竟是如烟。

而看见了她之后，我根本来不及去想太多问题，我的第一反应就把她搂在怀里，搂得很紧很紧。

开门、进房、上床，我们都是在拥吻下进行的，回到房间的时候，我们身上的衣服已经所剩无几了。

如烟的肌肤还是那么光滑细腻。

她的体温还是那么炽热滚烫。

她的声音还是那么销魂噬骨。

她的反应还是那么热烈奔放。

我们在黑暗中狂热地发泄着自己的欲望。

用身体来倾诉我们的相思。

用最原始的动作来表达我们的爱情。

我第一次发现酒后的自己竟如此剽悍，如烟娇小的身子如秋风中的落叶般在我的狂热中摇曳。

狂风暴雨中我们一起攀上了快乐的巅峰。

狂热过后的我们，都在享受着黑暗寂静中的那一份温存。

良久……

一切如风

闻着她的体香，我终于忍不住问："你怎么来的？"

"坐出租车。"她的呼吸喷在我耳边，我忍不住又亲了她一下。

深圳离桃源也就 100 多公里，打出租车都不用两个小时，我亲着她："我是问你为什么要来？"

"你不希望我来？"

"希望，几个小时前我还在去年我们表演接吻的地方。"

"几个小时前，我也一样想到了那个吻。"

"几个小时前，你好像在跟阿秀和李心聚会吧？"

"我知道给阿秀打电话的人是你。"

"哦？"

"我是女人，天生就敏感。"如烟的指尖轻轻地在我的胸口画着十字，"其实我一直都知道，你离开深圳之后，肯定又会回到这里。"

"难道你不怕猜错了？万一我没有回到这里，你不是白跑一趟？"

"如果你真的没在这里，那么你就不是凌风了。"如烟的话，充满着自信。

她竟如此了解我！我忽然说不出话来，是感动还是激动？我分不清楚，我只是用力地、用力地，把她抱得更紧。

"我犯规了。"她小声说，"还没到约定的时间，我就来找你，但你要知道，我也一样是爱你的。"

"约定是死的，人是活的。"我说，"但你来之前，至少该给我一个电话，好让我回来等你。"

"我只是想给你一个惊喜。"她好像没有考虑过后果，万一我真的不住在这里，她该是哭还是笑？

我在她的脸上亲了一下，没有再说话，别后情况，我不想再问，也不敢再问。我知道，她这样凭一时冲动跑过来，真的只是冲动而已！

之前我喝的酒并不少，撑到现在，酒意竟也去了大半，抚摩着她嫩滑的肌肤，我忍不住又把她压在身下。

她轻轻地推着我，说："你喝得一身的酒气，刚才又这么疯狂，还想再来?"

我一把抱紧她："豁出去了！大不了今天就死在你身上!"

7

这一天，我睡得很沉很香，我已经很久没有睡得这么塌实了。

醒来的时候，已经是下午。

如烟已经走了，连招呼也没跟我打一个。

如果不是枕边还残留着如烟身上的味道，我几乎怀疑昨晚只是自己的一场美妙绝伦的春梦。

但我知道那不是梦，如烟真的来过，真的跟我疯狂过，昨天晚上我似乎太狠了一点，以至我起床时都有一点头晕眼花的感觉。

我苦笑一声，像挺尸一样重新躺回床上。

我知道如烟肯定会回深圳的，她的家人，她的店子都在深圳，而我们的约定时间还没到，昨晚只是她一时的冲动而

已。

但我还是觉得很安慰，不仅仅是肉体上的，而且是心灵上的，毕竟我知道如烟还爱我，而且爱得很彻底。我理解她，也明白她，她之所以要跟我来个约定，之所以说在约定期满之前大家不要再联系，其实是真的想给双方一个思考和过渡的空间而已。而且她也要争取更多的时间去说服她的家人。

时间真的是考验爱情的最好工具，真正能经得住时间消耗的，才算得上是真正的爱情。

我拨了如烟的电话，这是三个月来，我第一次拨打这个电话号码。

电话响了两声之后，如烟接了电话："喂……"

"你在哪里？"我问，其实是明知故问。

"我回深圳了，现在在店子里。"

电话总是这样，之前好像有很多话要说，但一对着话筒，就好像什么也说不出来了，我说："我只是打个电话看看你平安回到深圳没有，没什么事了。"

只要一回到店子，如烟就是老板娘。

"我已经回来了。"她说。语气好像又有了一点生硬。

"那没什么了，你忙吧。"我说。

"你平时要注意身体，多锻炼一下，昨晚看你瘦了好多。"

我的心里一热："昨天晚上，谢谢你。"

她呆了一下，忽然笑道："谢我什么？我们之间还要说谢谢？"

是的，我谢她什么？我也笑了："你忙吧，不打扰了。"

挂了电话，忽然又想起了李心，我不知道为什么会在这时候想起她，或许是因为那个约定吧，当日为了拒绝她那执著的爱，我把如烟跟我之间的约定同样用在她身上，而我心里明白，那其实只是缓兵之计而已，归根结底，只要有如烟一天，我都不会爱上她。

李心或许是可怜的，但我想时间会让她明白，让她冷静，让她知道我不可能跟她在一起，她所谓的等待，是毫无意义的。

不知道她的圣诞节过得如何，还开心吗？或许她已经开始习惯目前的生活了吧，女人都是敏感的，她会不会看得出如烟到我这里来过？

我想了一会，还是决定不打李心的电话，免得徒增烦恼。

打开电脑，就看到小情的留言："祝圣诞快乐并预祝新年快乐！"

看到"新年"这两个字，我才猛然醒悟，2003 年居然就只剩下几天了。

小情的 QQ 没在线上，于是我给她留言："谢谢你的祝福，也祝你圣诞及新年快乐，并祝你和周浩能永远恩恩爱爱。"

想了一下，觉得还是应该打个电话去问候一声，拨了电话，才知道小情的电话因欠费已暂停使用。

我只好又在 QQ 上给她加了一道留言："你的电话已经欠费了，快去交话费吧！"

第四章

生 日 的 礼 物

小倩的电话欠费停机了，一连几天也没见她上网，估计她正在跟周浩享受着鱼水交融的二人世界，不希望外人来打扰吧！

桃源风景区的名字，我想应该是出自陶渊明的《桃花源记》吧，这地方风景真的不错，说是人间天堂也不过分，能在这风景如画的天堂中享受着世外桃源天堂般的浪漫与恩爱，也算没白活了。

我跟如烟和李欣都是在这里认识的，而最后李欣的骨灰也是撒在这里。李欣是红颜薄命，才22岁就骑鹤西去，经过了五年岁月的消磨，我已经不再为她难过了。并不是我无情，而是我想明白了一个道理，死，其实真的不可怕。

生与死，本来就是大自然的必然规律，一切皆有因果，活着的最后结果必然是死亡。自从有一天跟老和尚聊天之后，我就没有再为李欣的死而悲哀了。

确实，正如老和尚所说的："死的人，已经不会痛苦了，

你伤心什么?"

人死如烟灭,痛苦的只是活着的人,但回过头来细想:死了的人都不痛苦,自己又何必再为她伤心?

世间万物,都因缘分,在什么时候碰到什么人和事,好像都是注定的,谁也强求不得。

圣诞过后就是元旦,元旦过后,很快就是我的生日。

1月10日,我一早起床就先给老妈打了个电话,因为我的生日,其实就是老妈的难日,当年今日,老妈是忍受了死去活来的痛苦才把我带到这世界来的。

每个人都喜欢庆祝一下自己的生日,但我觉得没什么好庆祝的,是庆祝自己又顺利地度过一年?庆祝自己还活着?还是庆祝自己又老了一岁?小时候,总盼望自己尽快长大成人,每到生日,便庆祝自己离成人又迈进了一步,那时候总觉得时间过得太慢。但过了25岁之后,忽然发现时间过得好快,一转眼,我竟已30岁了!

昨天我还可以跟人说自己是"二十多岁",但今天起,我竟是"三字头"的人了。这种感觉,竟让我有点失落,心里无缘无故地就多了一种岁月催人老的惆怅。从一个"二十多岁的小伙子"忽然变成"三十而立"的中年人,我忽然有点郁闷,为什么我从来没有听人说过"三十几岁的小伙子"?

打电话给老妈的时候,她借题发挥地教育我:"从今天起,你就30岁了!当年你爸爸30岁的时候,你已经学会打架了。"

我明白老妈的意思,她是想抱孙子想疯了。我说:"生孩子不是生个鸡蛋那么简单,得找人合作的。"

老妈马上就骂道:"你在外面这么多年,也不知道你怎么混的，现在找女朋友很难吗？确实不行，你给我回来，妈帮你介绍一个。"

我笑问："美女？"

老妈说："找老婆要那么漂亮干什么？再漂亮的女人也会老的！"

我说："那最少要有老妈您当年的姿色才配得上我吧？"

老妈当年是个大美女，年轻的时候在蚕场工作，乃是"五朵金花"之一。我老爸当年也是帅小伙，参军复员分配到公安局之后，狂追了老妈半年，最后终于打败众多对手，凭着英俊潇洒、谈吐幽默而获得老妈的青睐。当然，我后来才知道真相，老爸是动用了组织关系通过县长出面找老妈谈话，才把老妈说服的。老爸是党员，"根正苗红"！

听完老妈的唠叨，阿秀的电话也来了，她带来的可是好消息："你的那个《爱到深处是心疼》，有文化公司看上了，想出钱把你的版权买断，我跟他们谈了一下，价钱还可以。"

今天是个好日子，收到这样的好消息，我当场就兴奋了："你看着办吧，你觉得价钱合适就帮我交易了，稿费多少都无所谓，只要书能出版就行。"

阿秀说："行，那我就再跟他们扯一下皮，看情况帮你把稿子卖了。"

我出书的目的，不是在钱，而是在于我能把自己的故事变成铅字，而且我还能把书交给如烟，让她可以在父母面前炫耀一番。

说不定如烟的父母看到我出书了，对我的印象从此改观呢！

我心情愉快，笑着说："今天是我生日呢！这个消息是

我的第一份生日礼物。"

阿秀说："我知道是你生日啊！所以到今天才把这个消息告诉你，其实前几天我就已经跟文化公司谈过了。哈哈！"

这倒是我的意外，阿秀居然是第一个主动打电话祝我生日快乐的人。

"准备怎么庆祝生日？"她问。

"一个人的生日，还能怎么过？"我说。

"哈哈！我跟你打个赌好不好？"

"又打赌？"

"我赌你今天不会无聊。"

"哈哈！你输定了！"我笑道，"我这就出门！有本事你别挂电话，我到了庙里，让老和尚跟你聊两句。"

"你才是输定了！"她自信地说。

没见过这么顽固的女孩子，明明是自己输了，却还嘴硬，我懒得跟她磨嘴皮，事实证明一切，反正我走到庙里也就10分钟的事，就让她听一听老和尚的声音，让她输得心服口服。

我跟阿秀说："我现在就出门！看你怎么跟我赌！看你怎么赢我！"

我一边说，一边走到门口。

拉开门……

然后我就输了。

2

　　阿秀笑嘻嘻地站在门口，正得意地看着我。李心则捧了一个大布娃娃跟在她身后，她烫了一个爆炸式的粟米头，显得有点夸张，那样子看起来更野蛮了。

　　确实没想到她们居然会主动来给我庆祝生日，我的心里不免一阵感动。几个月不见，李心明显瘦了，脸上也多了一点憔悴的痕迹，但皮肤还是那么白。

　　我下意识地向她们身后看去，没发现如烟的身影，心里便多了一点莫名的失落。

　　阿秀显然注意到我的表情，笑道："不用看了，如烟没来。"

　　没来就没来吧，本来我就没指望谁来给我过生日，说真的，如果如烟也一起来的话，我倒不好应付了。

　　李心终于说话了："不请我们进去参观一下？"

　　我便把她们请进房里来，阿秀是第二次来这里了，李心则是第一次，不用问，肯定就是阿秀带路的。意识中，我还是有点害怕面对李心，总觉得欠了她很多。

　　李心把手里的大布娃娃送给我说："我不会买东西，就胡乱买了这个了，祝生日快乐。"

　　这是个特大号的史努比，足有 1 米长，软软抱在怀里感觉很舒服，我笑道："谢谢了，看到这布娃娃，我感觉自己年轻了很多。"

阿秀在旁边笑道："她送这个礼物主要是考虑到比较实用。"

"实用？"我不太明白。

"你晚上可以抱着睡觉啊！"阿秀说："保证比抱着女人舒服！"

"你说话越来越有水平了。"我说。

阿秀从口袋里拿了个火机出来给我："生日快乐。"

那火机很别致，金属壳的，有点像军用的货色，掂在手上很有点分量，我试了一下，打开盖子就听到"铛"的一声脆响，随火机一起的还配了一个小小的皮袋，我玩弄了几下，便把火机别在了腰间说："嘿！正品'都朋'呢！第一次用这么高档的火机，谢了。"

我忽然想到一个问题，阿秀能把李心带到我这里来，那么李心肯定会奇怪她怎么知道我的住址，然后一定就知道阿秀到我这里来过，不知道阿秀是怎么跟她解释的。

脑海里忽然闪过那天晚上阿秀裸露在被子外的雪白大腿，我忽然就有点尴尬了起来。幸好如烟没来，不然倒是八只眼对望，不知道说什么了。

我没话找话地问李心："今天影碟店不开门营业？"

李心白了我一眼，说："你是不是跟我没话说了？我人都在这里了，怎么开门？"

我最怕她用这种语气说话，搞不好她一发飙，又是个不欢而散的局面。我连忙说："是关心你才问的，没别的意思。"

阿秀说："难得一见，你们就别抬杠了，说吧，打算怎么庆祝生日？"

我本来就没打算庆祝的，但现在既然她们已经来了，我只好说："庆祝也不外是吃喝玩乐，这里是风景区，今天我作东，你们想怎么玩就怎么玩。"

李心说："我听阿秀说了，这里有个老和尚很有点道行的，我想去领教一下。"

我看了阿秀一眼，阿秀摊开双手耸了耸肩膀，一副无所谓的样子。我想阿秀是把之前到我这里玩过两天的事告诉了李心，但我想她应该隐瞒了跟我酒后睡在一起的事实。如果李心知道阿秀跟我在同一张床上睡过，很有可能会跟阿秀绝交。

我想了想便说："既然这样，那就先去庙里吧，回头我再请你们吃大餐。"

走在路上，阿秀很识趣地故意走在前面，跟我们拉开了距离。我便问李心："这几个月，你一切都还好吗？"

李心摇了摇头说："不好。"

我问："怎么了？"

她一撇嘴，说："明知故问。"

她撇嘴的表情霸道得又点可爱，但我心里多少还是有点不舒服，我离开深圳之前，就跟她说过，在约定的期间不要见面的，但现在还没有到期限，她就找上门来了，虽然说是庆祝我生日，但一样是违反了约定。但有时候我又很佩服她的执著，明知道我的心都在如烟身上，她还是要等我，这到底是我的幸福还是我的无奈？而我欠她的情，只怕是这辈子也没办法还了。

我认真地说："无论如何，我都是希望你能幸福的！"

"我有没有幸福，是由你决定的。"她固执地说。

我知道没办法能让她放弃我，干脆便不再说话。冬天的天气比较干燥，人容易上火，我不想把她又惹急了，我有点怕她。

爱与被爱都这么难，有时候我觉得自己注定是个被情所困的人。如烟对我是时冷时热，让我经常要担心失去她，而李心对我的执著，又让我会经常担心失去自己。

有时候真的想学一下阿秀的作风，把所有的情债都断了，从此逍遥自在，做一个无情人。但我又做不到，因为我已经不小心把爱情装到背篓里去了。

阿秀在前面走着，走到一个弯角，忽然回头对我叫道："凌风！你看前面是谁？"

我心里猛地一紧，该不是如烟吧？

我加快脚步，转了个弯，就看到了前面的女子，却是小倩。

小倩一个人走在前面的路上，我只看到她的背影，但确实就是她，奇怪的是，我居然没看见周浩。

身旁的阿秀看着我，却是一脸的奸笑。

3

小倩低着头，踢着路边的小石子，漫不经心地走着。我从后面叫了她两声，她也好像没听到一样。

我加快脚步追上去，在她肩膀上轻轻拍了一下，叫道："小倩！"

我这一拍显然把小倩吓着了，她像在梦游中惊醒一样回过头来，看到是我，眼神里闪过一丝失望："是你。"

看她的神色，我的心里便有一种不祥的感觉。

"你在梦游啊？"我对小倩说，"刚才一连叫了两声你都没理我。"

小倩勉强地笑了笑，带着抱歉说："不好意思，我是真的没听到。"

"怎么就你一个人？周浩呢？"我问。

阿秀和李心这时也已经跟上了我们的脚步，阿秀直截了当地问小倩："你男朋友还好吧？"

我心里明白，阿秀不是真的在关心周浩，而是跟我一样在关心赌约的胜负罢了！

"他应该在家里吧。"小倩说。

"应该？"阿秀疑惑地问。

我想起刚才小倩看到我的时候脸上的表情，心里便有些明白，估计小两口是闹矛盾了，所以小倩才一个人出来梦游，而我拍她的时候，她以为是周浩来哄她，所以脸上才会有了那种失望的表情。

"你们之间没什么不妥吧？"我说。

小倩摇了摇头，说："没什么，相见好同住难，有点小摩擦也是在所难免的。"

小摩擦而已，我的心情马上就轻松了。我对阿秀做了个鬼脸，却对小倩笑道："同居就是这样了，床头打架床尾和，有摩擦是正常的，不然的话，生活就显得太平淡了。"

小倩没有回答我的话，倒是跟李心点头打招呼，然后问我："这位是你女朋友吗？"

"不是。"我说，"今天我生日，她们是一起来看我的。"

刚说完这话，我就感觉到一阵剧疼，是李心这家伙偷偷地把手伸到我的后腰上用力地拧了一下。

小倩说："原来是这样啊！祝你生日快乐。"

阿秀说："我们要到庙里去，干脆你也一起吧。"

小倩犹豫了一下，说："还是算了，你们去吧，我想一个人安静一下。"

我想了想，便问："你的手机怎么回事？一直停机，也不见你上网。"

"这电话原本是方便跟周浩联系才买的，现在他都在我身边，所以欠费之后我也懒得去交了。"小倩说，"QQ 号被盗了，这段时间上网也就玩一下游戏。"

看情形小倩比我们还赌得凶，她似乎把一切赌注都压在周浩身上了。我在心里叹了口气，说："我的电话号码你还有吧？"

她点了点头说："有的，我记在电话本上了。"

"那就行了，我也不用重新说了。"我认真地说，"我是你们的朋友，记得有事就找我帮忙！一定！"

阿秀在场，有些话我不能说得太明白，免得她认为我使诈。小倩眼里闪过一丝感激，她看着我的眼睛，说："谢谢你！有必要的时候，我会找你的。"

跟小倩告别之后，我们便继续往庙里走去，阿秀说："这小倩够可怜的。"

"我觉得没什么可怜的。"我说，"小两口闹别扭，正常得很，一会儿就和好了！"

阿秀说："我说的不是这个意思！"

"哦？那你是什么意思？"

阿秀说："你想一下，她现在的情况，如果周浩真的不要她，她可能连条狗都不如。"

李心插嘴道："我觉得她不会可怜的，就算她老公不要她，像她这么漂亮的女孩子，愿意照顾她的男人多的是！"

李心的话，明显是冲着我来的。我赔笑道："其实我们也就见过几次，只不过她几乎没什么朋友，所以我只好勉强充当一下朋友的角色了。"

李心小嘴一翘，说："如果是恐龙，看你还会不会这么热心地帮忙！"

别说是恐龙，就算是始祖鸟，看在跟阿秀打赌的份上，我也照样会义无反顾地帮助小倩！这一点，李心是误会我了。

我笑问："你觉得她漂亮？"

"当然！"她说，"比如烟还要漂亮！"

为什么一定要跟如烟比呢？女人的妒忌真是天生的！我闭上了嘴巴。

阿秀说："看得出她心情不好，刚才该让她跟我们一起来玩的。"

"你懂什么？"我说，"我是故意不叫她一起来的。"

"你叫人家也未必来！刚才她就说想一个人静一下。"李心说。我经常觉得她跟我说话的目的是为了打击我！

"所以我说你们两个都是猪！"我反击道，"用脑袋来想问题吧！"

"就你有脑袋？别人都没有！"李心说。

我说："她一个人走在这条路上，走得那么慢，为什么？当然就是为了让周浩找到她！万一她真的跟我们去玩，周浩

怎么找?"

我说得在情在理,两个女人的嘴巴马上就被我的话塞住了。我乘胜追击道:"你们信不信?如果周浩没来找她,等我们游完庙回来,她都还在那里徘徊!"

说得来劲,我随口就加了一句:"女人就是这样,总以为自己是救世主,总以为可以凭借自己的力量帮助别人,其实连别人需要什么也没搞清楚!"

阿秀干咳两声,说:"行了,别越说越远了。"

李心说:"男人就是这样,动不动就把救世主搬出来。"

我说:"如果世界上真的有救世主,那肯定是男的!"

李心说:"那可不一定!"

"这一点是毋庸置疑的!"我说。

说话间,已经到了山门,我咳了一声:"佛门圣地,严禁喧哗!"

阿秀笑道:"终究还是投降了!"

我长叹一声:"安得哑药千万剂,教天下女人尽闭嘴!"

李心还想说话的时候,我就看到了老和尚,他站在放生池边,手里不知道拿了什么东西。我像看见救兵一样,远远地就大声叫道:"大师好!"

和尚一见是我,回头就走。

我加快脚步走上去一把抓住他的僧衣:"哪里走!"

和尚一脸无奈地说:"茶叶不多了!"

我笑道:"行,你回答我一个问题,今天就放过你。"

和尚说:"什么问题?"

我问:"有没有什么办法可以让女人在适当的时候闭嘴?"

老和尚看了看我身边的两个女孩子，无奈地叹了口气：
"我还是请你喝茶吧。"

从庙里出来，再经过碧波湖的时候，小倩果然已经不在
湖边。看来周浩终于还是来把她寻回去了吧，想当年如烟也
经常跟我玩这种耍花枪的把戏，每次到了最后都是我把她哄
舒服的。

想起如烟，电话就来了，她终究没有忘记我的生日。她
的声音依然柔美："风，生日快乐！"

"谢谢！"

"今天开心吗？"

"你没来，始终是美中不足。"

我这话说出来，身边的李心和阿秀便都知道我是在跟如
烟通电话了。李心轻轻"哼"了一声，拉着阿秀走快几步，
把我落在后面。

如烟说："我本来想关店之后去找你的，但后来还是决
定不去了。"

"为什么？"

她叹了口气，柔声说："你觉得我跟李心一起来给你庆
祝生日，你会开心？"

我苦笑一声："你知道她来了？"

"她不开店，还能去哪里？是阿秀带她去的吧？"

"你不改行做侦探，有点可惜了。"

"呵呵，不说废话了，既然是生日，你们就玩得开心点吧！"

如烟到底还爱不爱我？我开始疑惑。她这个电话，是真的希望我跟李心玩得开心？还是在提醒我不要跟李心玩得太开心？

那一瞬间，我竟有了一种跟小倩同病相怜的感觉，如烟的话听得我酸溜溜的，说不出是什么滋味。

挂了电话，李心马上就问："如烟知道我们来了吧？"

我点了点头。

她马上又问："她有什么反应？"

我冷冷道："你希望她有什么反应？"

李心见我脸色不对劲，吐了吐舌头，没敢搭腔。我说："有些事，大家心里明白就好，说白了，就没意思了。"

阿秀在旁边轻声哼起歌来："爱我的人为我付出一切，我却为我爱的人流泪狂乱心碎，爱与被爱同样受罪，谁对谁不必虚伪……"

那是前几年很流行的一首歌，歌名是《爱我的人和我爱的人》。阿秀在这时候唱这歌，多少有一点替李心打抱不平的意思。

我叹了口气，对着夕阳，竟又是无语，我欠李心的，太多了。

李心强笑道："别去想不开心的事了！今朝有酒今朝醉吧！"

阿秀赞成说："这里的本地鸡很不错的，佐酒最好！"

说起本地鸡，我便又想起那天晚上阿秀抱着我的情景，顺口就说："嗯，是不错，结实，有弹性！"

阿秀显然知道我在说什么，白了我一眼，便说："还很粗壮！"

李心是个心无城府的人，拍掌道："那我要试试！"

我忽然想起一件很重要事："你们晚上回不回去？"

李心说："吃了饭再说这个问题吧！我饿了。"

看她那样子，是打算在我这赖一晚了，我说："谢谢你们今天来看我，吃完晚饭之后，你们就回深圳吧，我这里住得也不方便。"

李心摇头晃脑地说："那可不行！我好不容易才给自己放假！来到这么美丽的风景区，还没玩够，怎么能就这样回去呢！"

阿秀则一副不置可否的样子看着我。我说："这里也就这么点地方，今天都带你们游完了！"

李心一脸的不高兴："我知道你在想什么！你让我们回去，只不过是想让如烟知道我们并没有在你这里过夜罢了！"

她一定要把话挑得这么明白，我也不管这么多了，语气坚定地说："我们约定时间没到，你就跑来了，而且你知道，我喜欢的人始终还是如烟。"

李心马上叫道："你别跟我说这些！她能来，我为什么不能来？你喜欢她是你的事，我喜欢你是我的事！"

她说着，眼泪忽然就流了出来，连声音也变得哽咽了："我一直不明白你到底喜欢她什么！一个背叛你、不懂得珍惜你的女人，你要紧抓着不放！而我呢？你有没有想过我的感受？"

我最怕女人眼泪！看着李心的泪水，我的心便乱了，我

默默的从兜里拿出纸巾递给她："是的，如烟或许不懂得珍惜我，但我同样也不懂得珍惜你，你这又是何苦呢？"

她一手接过，便用力地在眼眶上擦，一边说："你如果再让我们今晚回去，我就哭给你看！哭到你心烦为止。"

我叹道："先吃饭再说吧。"

阿秀说："这丫头倒是哭出经验来了！"

我觉得阿秀不该把李心带到这里来。

到餐厅坐下，趁李心上洗手间的时候，我便埋怨阿秀："不是说好你不要把见过我的消息告诉李心的吗？原来你也是说一套做一套啊！"

阿秀抱歉地说："是我不小心，上次在这里拍的照片被她看见了。"

上次阿秀来的时候，帮我在碧波湖边拍了好几张照片，铁证如山，偏偏就给李心看见了。我郁闷地说："怎么这么不小心！"

"对不起了！"阿秀说，"完全是意外，每次我回来，她都会来翻我的照片，我也习惯了，这次是我一下子没想起有你的照片在里面，所以才会给她看见，追问之下，我只好都告诉她了。"

阿秀跟李心之间是无话不谈的好姐妹，我担心地问："那天晚上喝醉酒的事，你没告诉她吧？"

阿秀笑了笑，说："你猜?"

"谅你也不敢跟她说!"

"我跟她说在这里碰见你，然后去见了和尚，当天回深圳的。"

"有问题! 你是上午走的，中午就到家了，如果是按照你说的，你该晚上到家才对，她绝对会怀疑你是不是在骗她!"

"你也是个猪! 她已经开店去了，我几点到家，她根本不知道。"

说话间看到李心回来了。我跟阿秀便不再讨论这事。

吃饭的时候，大家都刻意避开感情话题，尽选些无关风月的事来说，轮流讲了一些笑话，把几瓶啤酒瓜分了。我虽然不主张在吃饭的时候喝酒，但却拗不过两个女人的坚持，便也陪着喝了，她们一句生日快乐，我便要陪她们喝一杯，走出餐厅的时候，居然有了些酒意。

今天的傍晚看不见日落，一片灰蒙蒙的，压抑得难受。

李心喝了酒，走在我们前面的路上蹦蹦跳跳地大声唱歌："原来情爱只得一句，不愿或情愿，想当初的追悔都不须，原来情侣都必经过，欢乐或流泪，怎么可知道，对与不对……"

这是首老歌，歌名叫《对不对》，本是婉约伤怀的曲调，被她这样豪迈地唱出来，竟多了一些磊落的味道。

我心里叹气，李心虽是喝了一点酒，但以她的酒量，根本不会醉，她不过是借题发挥唱给我听罢了!

或许爱情就是这样吧，对与不对，其实并不重要，关键在于是不是心甘情愿而已。欢乐或流泪，也不重要，重要的是谁陪伴你一起面对。

我对李心叫道："你唱归唱! 别走路中间去! 当心车

子!"

李心哈哈笑道: "现在是车怕人,没有人怕车的,我就算走在路中间,谁又敢真的撞上来!"

她面对着我们,还故意往马路中间靠去。

傍晚时分,路上的车子虽然不多,但这里是郊区,路过的车子,车速都比较快!

李心面对着我们,我和阿秀看到她的身后有一辆小轿车忽然从岔道上转出来!

阿秀惊叫一声: "小心!"

我来不及叫出声音!下意识地猛冲上去把李心推到一边!

然后我就听到急刹车的刺耳声音,同时还伴随着李心的一声尖叫。

之后我就失去了知觉。

6

这是一条很长很长的路,我不知道自己为什么会在这里,我只知道身后有很可怕的东西正在追赶着我,我只能拼命地往前跑。

前面也是漆黑的,看不到尽头,但我只能跑,我不知道这种奔跑的意识是从哪里来的,也不知道自己为什么会觉得只要一停下来,马上就会有危险!

尽管我很累!很累!

尽管我看不见前方任何东西!

但我还是跑，拼命地跑！

这算不算是逃亡？我根本不知道身后的危险是什么，但感觉告诉我，不跑就完蛋！

除了逃，我别无选择！

在一片虚空的黑暗中，忽然又有了一点亮光，我毫不犹豫地向着亮光跑去。那亮光看起来很近，但又很远，不知道跑了多久，我忽然就感觉自己已经置身在这亮光中了。

四周变得很明亮，却不耀眼，之前的黑暗，竟一点都看不见，在柔和的亮光中，我感觉到危险已经离我远去。

我忽然就看到了如烟。

她正含情脉脉地看着我，脸上都是是痴迷的神采，没看到她的嘴唇在动，但我却听到她的声音："一江烟雨总随风……"

这是我在碧波湖边随口为我们名字编的一句诗，想起碧波湖，我马上就想起一个问题："这是什么地方？我为什么会来到这里？"

如烟没有回答我的话，叹了一口气，然后就消失了，我极目四望，周围白茫茫的一片，却再也看不到她的影子。

忽然，身后又有了声音，转身看时，却是李心，她的眼神也有了幽怨："你能等她，我就能等你……"

我想说话的时候，李心忽然就变成了李欣，她浅笑着，温柔地向我伸出双手："你终于还是来了……"

我来了！这是什么地方？

五年了，李欣的样子，一点也没变，一如从前的清秀迷人，我张开双臂向她走去……

眼前的景象忽然又变了，老和尚不知道什么时候挡在了

我和李欣之间。

他大声喝道："如何是禅？"

我一愣，什么也说不出来。

老和尚僧袍一挥："滚！"

滚？滚去哪里？

柔和的光芒忽然就全部消失了，四周又是漆黑一片，我在虚空中坠落……一直往下坠落，看不到任何东西，只听到耳边急促的风声，刮得耳膜一阵阵地疼痛。

然后我就感觉全身都一样的疼痛，疼痛得近乎麻木，然后我又看到了眼前有人，先是模糊，然后聚焦成一个清晰的李心。

我躺在床上，她正俯视着我，两滴眼泪从她的脸上流下来，滴落在我身上，我听到她的激动的叫声："他张开眼睛了！"

她的声音充满着兴奋，很大声，很悦耳，也很刺耳。

她摇着我的双臂："你能说话吗？说话呀！"

我想起来了，在推开李心的时候，我是被车撞上了。

刚才的，原来只是梦，而现实的我，浑身都疼得难受，四周果然是白茫茫的一片，我在病房里。

我还活着！

我想说话，但却用不上力气。

我又看到了阿秀，阿秀在拉李心："他刚醒来，你别那么用力摇他！"

然后我又看到了一个浑身雪白的美女，拿着针筒向我走来。

我最怕打针。

没等针打在身上，我又晕了过去。

7

再次醒来的时候，我感觉自己好多了。

睁开眼睛，看着病房的天花板，我试图动一下身体，先是试握了一下拳头，手指很听话，马上就收紧成拳状。我再试收一下脚指头，右腿的脚趾还听指挥，但左腿的脚趾就完全不听指挥了。

我望向床尾，就看到病床旁边一个架子，我的左腿被纱布包得像木乃伊一样搁在上面。

李心和阿秀都还在，我轻咳一声，两人便围了上来。

李心紧张地抓住我的手："风，你醒了！"她内疚地说，"对不起！"

事已至此，责怪她也是于事无补，我尽量露出笑容说："醒了，不过你别再摇我了，免得又把我摇晕过去。"

"不摇了，不摇了！"李心连忙说，"你饿吗？我去买粥给你吃！"

她一问，我马上就感觉自己饿了，我点了点头："饿！我睡了多久？"

"两天。"

我看了看身旁的架子，上面还倒挂着大半瓶葡萄糖，一根细小的管子从瓶口延伸出来，通过一个针头连接在我的左手腕上。我问："这两天我就靠这玩意活着？"

我说话还很吃力，但已经能发出清楚的声音。

李心含泪点头道："你别乱动，我去买粥。"说完，她走了出去。

我把目光转向阿秀，微笑道："这生日礼物够特别。"

阿秀叹道："医生说你的腿没有一个月是好不了了。"

"这是不幸中的大幸吧！"我说："除了脚，医生还有没有说伤到别的地方？"

阿秀摇头道："医生没说，但你的腿伤得很严重，还好这骨折不是粉碎性的，可以康复得跟原来一样。"

我这才放心了，我认为受伤不要紧，只要能康复就行，被撞死了也不要紧，因为死了之后，我什么也不知道了，也不会有什么痛苦。最怕是落得个截肢之类的残废，那才是真正的痛苦！

"车主呢？"我问。

"车主还算是好人，把你撞了之后，马上把你送来医院，还留下 5000 元现金才走的。"阿秀说，"没想到竟是在这种情况下，我平生第一次坐上了大奔。"

"感觉如何？"我笑问。

"当时你昏迷过去，我们都吓坏了，哪里还有感觉？只想快一点把你送到医院。"

"呵呵，万一我就这样被撞死了，倒也天下太平了。"

"胡说八道！"

我说："没事，关键部位没被撞坏就行了。"

阿秀骂道："你是个混蛋，刚醒过来，就开始胡说八道了！万一真的把你撞个半身不遂，只让你剩下关键部位，你能用？"

正说着，李心买了粥回来，离远就问："什么关键部位？"

我说："腿！没腿我可不想活了。"

李心说："大夫说你的腿治疗一个月就好了，不用太担心。来，吃点粥吧。"

她扶着我从床上坐起来，用小勺子一口一口地喂我。

我一边吃，一边埋怨："这白粥真是够白的，什么菜都没有！"

李心说："你刚醒过来，当然要吃粥了！我没问过医生，不知道有什么东西要戒口的，不敢乱给你买菜！"

"笨蛋！"我说，"我是腿上有伤，当然是喝骨头汤最好了，补钙，好得快。"

李心说："现在先吃一点，回头我再给你弄骨头汤！"

我只好把那白粥喝下去，想起如烟，便问李心："如烟知不知道这事？"

李心一呆，摇头道："你受伤后，我们一直在这里，还没来得及告诉她。"

我想了一下，说："这事还是不要告诉她了。"

李心问："为什么？"

我说："她如果知道了，肯定就会跑过来看我，但我要一个月才好，她又不能一直陪着我，就算她肯来陪我一个月，她的服装店怎么办？她妈妈肯定又会责怪她！"

李心"哼"了一声，道："你倒挺会为她着想的！"

我说："现在我已经醒了，有护士会照顾我，明天你们也回深圳去吧！"

李心摇头说："我不！你伤好之前，我绝对不走！"

"那影碟店怎么办?"

"大不了关门一个月!"

"不行!"我坚决反对地说,"做生意要有始有终,你忽然停业一个月,不要说来租碟的客人有意见,就连买影碟的熟客也会不满意的,明天你就回去!继续做你的生意,就当你不知道我在这里!"

李心双眼瞪着我,一脸的气愤,眼泪又从眼眶里渗了出来,她慢慢地把我吃剩的粥放在床头柜上,无奈地说:"我知道你在想什么!"

"我没想什么!"我说,"这里有护士照顾我,你们留下来也没什么用。"

李心冷笑道:"别装了,你要我回去开店,只不过是不想让如烟怀疑罢了!我一天不开店,如烟就知道我在你这里!"

李心是个聪明的女孩,却又是个很愚蠢的女孩,她的聪明让她猜到了我的想法,她的愚蠢又让她不合时宜地在这时候说出来。

一时间,局面变得很尴尬,我说:"阿秀,麻烦你扶我躺下,我要睡觉。"

阿秀没动。

李心一边扶我躺下,一边说:"你是因为我而受伤的,你要我这样回去,我怎么安心?"

我叹了口气,说:"你可不可以看在我为你受伤的份上,明天就回深圳?"

李心擦了一把眼泪,强笑道:"我知道,其实我在你心里也不是没有地位的。"

我默然不语。

她接着说：“你在昏迷的时候，虽然叫了 43 次如烟的名字，但也叫了我 19 次。”

阿秀忽然骂了一句，“贱人！”然后便走出了病房，把我和李心晾在那里。

良久，李心叹道：“我听你的，你要我回去，我就回去。”

从小我就怕打针吃药，在我的意识里，对医院有一种很强烈的抗拒。平时有什么头疼发烧，都是自己到药店买药吃的，现在电视上多的是药品广告，看多了，把人都看成了医生。

我喜欢安静，却害怕医院的那种安静，四周静悄悄的，隔壁病房偶尔传来一两声病人痛苦的呻吟，让我有一种毛骨悚然的感觉。

我搞不清自己到底是害怕还是讨厌医院，病房里充斥着一股强烈的消毒水味道，让我感觉死亡离自己很近。

我运气不好，白天睡得太多了，结果夜幕降临，我就醒了过来，之后就再也没睡着。李心和阿秀走之前在我的床头留下一大摞杂志，可是才 10 点钟，医院便把病房的灯全部关掉了。

医院的黑夜，真漫长，墙上的树影在北风的摇曳下像只

张牙舞爪的恶魔，仿佛要向我扑来。我不知道自己为什么变得那么胆小，明知道那是树影，却还是害怕。我努力闭上眼睛不去想任何问题，但又总是忍不住在猜测隔壁病房呻吟的病人是患了什么病。

在床上被寂寞折腾了几个小时之后，我终于忍不住按了床头的召唤铃。

不一会，就有个护士推门走了进来，我讨厌医院，但不讨厌护士，特别是年轻漂亮的护士，一身的白衣，纯洁得像天使一样。

"有什么需要吗？"护士问。她看起来还很年轻，工作时间应该不长。

我指了指窗户说："麻烦你帮我把窗关上，把帘拉上。"

她微笑着满足了我的要求，然后问："还有什么需要吗？"

"可不可以不要关灯？"

"对不起，这是医院规定，10点钟必须关灯。"她礼貌地说。

"我求你了！别关灯好吗？我第一次住院！关了灯，我总感觉有什么东西在黑暗中窥视着我。"我说，"我害怕！真的害怕！"

她天真地笑了笑，问："请问您多大了？"

"刚过了30岁生日。"

"这么大的人了，还怕什么？"她说着，顺手就把灯熄了，关上门走了出去。

我大声叫道："你不给我亮灯！我就开始唱歌了！"

我认为唱歌是驱赶害怕的最好方法！

那护士马上就把门推开，探头进来说："没见过 30 岁还这么顽皮的人，你是在威胁我？"

我说："如果我的歌声吵着别的病人，麻烦您代我跟他们说一声对不起。"

她愣了一下，便顺从地把灯打亮了，嘀咕着走了出去。

没办法，我确实不习惯在医院里过夜。我知道，人的一生，跟医院是有必然联系的，至少出生和死亡都会在医院里。而正因为这样，所以我才不愿意在死亡之前跟医院关系太密切。

终于熬到了天亮，我才困极而睡。下午醒来，却见李心坐在床边看杂志。

我马上就恼了："你不是答应回深圳了吗？怎么还在这里？"

李心把手里的杂志放下，过来扶着我，说："我和阿秀商量了之后决定由她回去帮忙开店，我留下来照顾你。"

"她懂什么经营？说好了是你回去的！"我在担心，如烟看到李心没回去会是什么感觉。

"你现在是我的救命恩人，放心吧！阿秀会跟如烟说我家里有事，回老家了！"李心仿佛看透了我的思想，"反正你们之间也有不见面的约定，她不会知道的。"

听李心这么说，我才稍微安心一点，但总觉得有什么不妥，却又说不上来。如烟是个让人捉摸不透的女孩子，谁也不知道她在想什么，就如圣诞节那天，我根本想不到她会忽然出现。

李心轻轻地把我抱着，把头枕在我的肩膀上，柔声说："你的腿一天没好，我就一天陪着你。"

我叹了口气："何苦呢！"

李心顽固地说："我喜欢！我愿意！就算你只喜欢如烟，我也愿意！"

她是属牛的，没办法跟她比倔。有时候我搞不清楚，到底是谁欠了谁！

她忽然又笑了："其实，我知道你需要我来陪的。"

"哦？为什么这么说？"

"看不出来，你居然会害怕医院，哈哈！"

"胡说八道！我浪迹江湖这么多年，没什么值得我怕的！"

"别装了，昨天晚上的护士小姐把你的事写在值班日志上了，我刚到这里就被医生找去，问我是不是你家属！要我把你管好，别让你太调皮！"

没想到护士小姐居然会把昨天晚上这么鸡毛蒜皮的事记录下来，铁证如山，我顿时哑口无言。

"没想到啊！你居然要用唱歌来威胁人家给你亮灯，30岁的人去为难人家小姑娘，你不觉得害羞？"李心得意地笑着，好像我是个杀人放火的强盗被她抓住了把柄似的。

我懒得再跟她讨论这个问题，反正赶又赶不走她，只好顺其自然了。

"你饿了没？"她问。

"饿！"

"我带了骨头汤来，熬了三个小时，绝对够营养！"她一边说，一边打开保温瓶。

"在哪里熬的？"我好奇地问。

"废话！当然是在你的厨房里。"她笑着说，"我拿了你的钥匙，阿秀带我去的。嘿！"

"我卧病在床，你笑得好像还蛮开心的？"我觉得她的笑容太灿烂了，不符合逻辑！

"我当然开心！"她笑得还是那么灿烂，"至少在这一个月，你是属于我的！"

她顿了一顿，又认真地说："谁也抢不走！"

看样子她是真心希望我从此就这样废了。

"一个月！妈的！我要在这呆一个月，会得神经病！这跟坐牢没什么区别！"

"别担心！我问过医生了，最多 10 天你就可以出院回家休养，一个月之后才能拆石膏。"她笑着说："有我在，你怎么会寂寞？我连吉他都帮你带来了。"

我这才留意到吉他就放在床边，伸手可及。

我狠声道："半夜 12 点，准时开演唱会！"

李心用汤匙喂我喝汤，柔声道："别发狠了，别人不知道，但我了解你，嘿，你是刀子嘴，豆腐心，就算昨天晚上护士没给你亮灯，你也不会真的唱歌的。"

她真的了解我，我说："我想不明白那天为什么要救你。"

她哈哈一笑，说："我倒宁愿那天你没救我！"

"为什么？"

"如果那天你没救我，现在就刚好反过来，你照顾我，多好！"

我叹了口气，喉咙却仿佛被塞住了，忽然说不出话来。

9

　　这几天李心对我的照顾，可以说是无微不至了，从吃饭到修指甲，她都很细心照顾我，以至于我渐渐开始习惯于她的照顾了。

　　她总是想方设法的要为我做点什么，而更多时候，她则是安静地看着我，让我觉得自己好像成了她的宠物。或许真的如她所言吧，这个月，我是她的。

　　但我始终跟她保持距离，白天如此，晚上也一样，特别是晚上，虽然她就睡在临时加的简易床上，但我很少和她说话。奇怪的是，自从她来了之后，我觉得医院的夜晚没那么恐怖了，而我居然也能在 10 点关灯之后一觉睡到天亮。

　　李心来的第四个晚上，那小护士巡房的时候，又专程来了我的病房，她似乎对我这几天的表现很满意，跟李心点头示意之后便笑眯眯地对我说："现在才知道，你那天耍孩子脾气，原来是想要女朋友来陪你！"

　　"她不是我女朋友。"我马上更正了护士的错误。

　　"他是我的救命恩人！"李心接着说。当然，我知道她很不情愿这样来解释我们的关系。

　　那小护士年龄还小，但嘴巴却很会说话："哟！没想到你还是个见义勇为的英雄。"

　　我得意地说："见笑了！"

　　小护士笑着说："可惜了！如果你能当烈士，说不定还

102

能光宗耀祖了！"

看她的表情，就知道她对那天晚上我威胁她的事还耿耿于怀，借机报复，在诅咒我！

我淡淡地道："烈士我是没资格当了，就算要见义勇为，也要看对象，只会耍嘴皮的人，我不但不救，可能还会落井下石推她一把。"

李心责怪我说："人家还是小姑娘，你这样说话，没绅士风度！"

小护士看着李心，瞪着眼睛道："说我是小姑娘，好像你的年龄并不比我大吧？"

我接口道："她一定比你大！"

小护士"哼"了一声，说："这倒不见得！"

我笑着说："你没看见她这几天，把我当孩子一样来照顾？"

李心马上反应过来："臭男人，说的什么话呀！"

我说："难道不是吗？你像我娘亲一样照顾我，害我昨天做梦的时候，把你跟我妈的模样搞混了。"

李心骂道："我赞成护士妹妹的说法，你应该去做烈士！"

小护士纠正说："别叫妹妹！叫护士姐姐！"

我笑着对李心说："你该多谢我，没结婚就让你享受了做母亲的待遇！"

李心小嘴一撇，怒道："有本事你现在叫我一声'干妈'，我就认了你这个干儿子！"

女孩子生气的时候，样子都是可爱的。我说："这年头，忘恩负义的人真多，人家救了她的命，她还要做人娘亲！"

小护士插嘴道："别做娘亲了，你们俩看起来很般配的，他能舍身救你，小妹妹你干脆就以身相许吧！"

李心对小护士说："别叫妹妹！叫姐姐！"

小护士哈哈一笑，说："不跟你们侃了，我还得去工作。"说完，也不等我们搭腔，就走了出去。

李心瞪着我："你是不是觉得我很像你妈？"

看样子，她是真有点生气了，她是炮仗脾气，我也不想真把她惹火，就说："我的意思是说你像我妈一样关心我，爱护我。"

她这才满意地点头道："我真搞不懂，你有什么好的，我怎么就这么不争气，偏偏就喜欢了你！"

我叹了口气，说："爱情这东西就是这样，等你明白了，或许就不爱了。我跟如烟一起五年，但如果你问我喜欢她什么，我也一样说不出来。"

李心摇头道："不要提她，我心烦。"

这是最无奈的事，谁也不知道以后会怎么样，李心爱我就如我爱如烟一样，这是一个死结，永远也没办法解开的。

我问："你喜欢我什么？"

李心沉思了一会儿，说："我也不知道，真是莫名其妙！"

我摊开双手，道："那没办法了，我原来打算是你喜欢我什么优点，我就把这优点改掉的。"

李心横目道："你这话什么意思？"

我把心一横，说："其实不用问的，你一直都很明白我的意思。"

跟李心聊天，不管怎么聊，到最后都会聊到感情上的事来，而一聊到感情上的事，又都会是不欢而散，没办法，这是个死穴，一点就完蛋。

住院这几天，有李心的陪伴，我虽然不再寂寞，但却多了心烦，她对我越好，我就越为以后担心。我很明白，三角恋爱的结果，注定是要有人痛苦的。不管结局如何，我都会心疼。而李心和如烟呢？她们也同样会难受！

离开深圳躲到桃源，以为自己真的已经学会享受寂寞，直到这几天我才明白，我其实是个很害怕寂寞的人。

自己选择的寂寞，是一种享受，但被迫面对寂寞的时候，哪怕只有一天，都会觉得那么难受，医院就是一个例子，如果不是李心来陪我，估计没等到出这家医院我就要转进精神病医院了。

我越来越害怕李心，她对我越是逆来顺受，我就越害怕面对她，而我对她又毫无办法，就如现在，尽管我对她恶语相向，但她却一声不吭的，只是用一种委屈的眼神看着我，我就不忍再说狠话了。

李心走过来帮我盖好被子，柔声说："你今天说话太多了，累了就早点睡吧。"

我闭上眼睛，不敢再看她的表情。

但我知道，明天醒来之后，我还是那个我，而她，还是一样的李心。

今天的天气很好，居然有阳光，让冬日的医院不再显得那么寒冷，连花园里的小猫都跑出来晒太阳。

在医院熬了两个星期，我终于可以出院了，但还没有康复，只是医生说我可以回家休养而已，每星期还要来换一次药。

但这毕竟是好事，在自己的床上睡觉，总比躺在病床上舒服，而且在家里我至少可以上网解闷。

李心办好了出院手续后拿了个拐杖给我，然后扶着我走出住院区。

住院区的门前被布置成花园，专门供病人散步的，由于今天天气好，不少病人都在家属的陪同下在花园里散步。看着这些散步的人群，我觉得这世上没有爱会比亲人之间的爱更伟大了。

花园中互相搀扶的，多是一眼就让人看出是亲人关系的组合，有老夫老妻的，有儿女陪老人的，有大人带小孩的，像我跟李心这样的组合倒是少见。

意外的是，我竟在花园看到了周浩。开始我还以为是认错人了，但仔细看时，确实是他，站在他对面的，竟是那跟个我抬杠的小护士。

这是什么组合？我有点奇怪。我留意到小倩并没有出现在周浩的身旁，心里便开始猜想小倩跟周浩之间是不是发生什么事了！

李心并不知道我跟阿秀之间的赌约，见我看着周浩的方向发愣，便拉着我问："发什么呆？那边有什么好看的？"

我回过神来："没什么。"

李心张望了一下，"哼"了一声道："怎么了？出院了还不舍得那小护士？是不是喜欢人家了？"

我笑道："胡说什么呢！"

"哼，男人都是花心的。只可惜人家已经名花有主了！她男朋友好像比你帅哦！"李心自以为是地说，"人家也关心过你，要不要过去打个招呼？为以后留条后路？"

我摇了摇头说："不必了，我们走吧！"

我只是在小倩的介绍下跟周浩有过一面之缘，现在他跟小护士在聊天，我贸然去打招呼，不见得是好事。

李心哼道："有人心里酸溜溜的，却不肯承认。"

我也懒得理她，女人都喜欢根据自己的猜测来判断事实，跟她抬杠没意义。

小护士和周浩显然都没留意到我在注意他们，还是面对面地站在那里说话，我走出住院区门口的时候，却发现他们好像吵了起来，只见周浩指手画脚地在说什么，而那小护士也是一副气愤的样子在说话。

我关心小倩，于是又对周浩跟小护士之间的对话内容产生了好奇，只可惜我离得太远了，他们的对话我一句也没听到。

周浩指手画脚没一分钟，那小护士便一跺脚，转身往病房跑去，看样子两人是不欢而散了。

我见周浩满脸不忿地向住院区门口走来，便对李心说：

"快叫出租车!"

　　我不希望在这个环境下跟周浩打招呼,因为我觉得如果周浩跟那小护士有什么私情的话,我作为小倩的朋友,也不知道该不该告诉她,干脆便飘过算了,就当作什么也没看见。

　　坐在出租车上,李心问我: "为什么看见那男的走过来就这么慌张地找车? 你又没勾引那小护士,怕什么?"

　　"别自以为是了! 我不是因为这原因要避开他的。"我说。

　　"那又是为什么?"李心穷追不舍,她的好奇心可谓是女人中的典范。

　　我只好说: "记得那天去庙里的路上碰到的那个叫小倩女孩子吗?"

　　"记得,怎么了?"

　　"那男的就是她男朋友。"

　　李心听了,马上就有了反应,怒道: "男人果然不是好东西,这边跟小倩甜言蜜语,另一边又跟小护士纠缠不清。"她说着推了我一下: "你不是很喜欢见义勇为的吗? 刚才为什么不去跟小护士揭发他?"

　　我笑着说: "首先,你要先收回那句'男人不是好东西'的话,因为我也是男人,就算你要一竹竿打倒一船人,至少也该留下我。"

　　李心哼道: "你也不是好东西,刚才看那小护士的眼神也是色迷迷的!"

　　我说: "我只希望你以后别老是把问题想得太简单,你想一下,刚才那种环境,我们既没有看到他们之间有什么过分亲热的行为,也没有听到他们之间的对话,凭什么主观地认为他们就是男女朋友关系?"

李心不满地说：“男女之间如果是普通朋友，是不会吵架的，你看他们后来显然是吵架了。”

“我不明白你这是什么理论！为什么普通朋友就不会吵架？”我对她的观点并不赞成。

“我懒得跟你解释，不信你自己回忆一下，你长这么大，有没有试过跟你的普通女性朋友吵架？”

我想了一下，确实是没有，只好说：“我跟你刚认识的时候，好像就吵架了。”

“嘿！你说错了，开始的时候你一直让着我，所以根本没吵成，到后来真的熟了，才开始吵架的，而也就是那时候开始，我不再是你的普通朋友。”李心说。

想一下也是，不熟悉的男女朋友之间根本不会吵架，男人都喜欢在不熟悉的女性面前显示自己的绅士风度，而一旦熟悉了之后，本性就露出来了，该吵的吵该闹的闹，缺点一览无余。

这样想来，周浩跟小护士之间的关系就并非一般了，我不禁开始为小倩担心起来。想起跟阿秀的赌注，万一我输了，以阿秀古灵精怪的想法，我可能要做好裸奔的准备。

回到家里安顿好之后，李心帮我把电脑桌子移到床边，我打开电脑第一件事就是把小倩的新 QQ 加为好友，但她没在线，我想了一下，还是决定不把刚才看到的情况告诉她，只是留言问道：“近来一切可好？”

我想就算是周浩真的一脚踏两船，也应该由小倩自己发现的好，因为如果由我来告知的话，后果很难预料。静观其变才是最好的选择，至少我要跟小倩谈话之后才能决定该不该把这件事告诉她！

　　回到家里，李心马上就变得很开心，哼着小曲去给我张罗吃的。看样子她好像蛮享受做家庭主妇的角色。

　　吃完饭之后，我提醒她："你该去多买一张被子回来，晚上客厅很冷的。"

　　她瞪大了眼睛，天真地问："买被子跟晚上客厅的寒冷有什么关系吗？"

　　"当然有关系，你睡沙发又没有被子，晚上会冻死你！"我说。

　　"谁说我要睡客厅了？就算不跟你一张被子，我也要跟你睡同一张床啊！"她认真地说，"这样好照顾你！"

　　"不行！"我坚决反对。

　　"现在我说了算！何况我们又不是没有一起睡过！"她轻轻地在我额上亲了一下，"该做的事，我们都做过了，现在我没有说要你负责，但至少在你伤好之前，一切我作主！"

　　我后悔在深圳的那个疯狂的夜晚！后悔酒后受不住她的诱惑！我恳求道："我们说好的，那天晚上的事，谁也不提！你干吗又提？"

　　她温柔地看着我："我知道你心里还是爱着如烟，我知道只是我自己犯贱送上门，我知道自己不是你爱的，所以你对我不屑一顾，那天晚上的事，我可以不提，但我总可以回味吧？"

　　我害怕她的温柔，相比之下，我更乐意她野蛮一点，因为她一温柔，我就不知道该怎么应付她了。

　　我叹了口气，轻声说："还君明珠双泪垂，恨不相逢未娶时。"

　　她强笑道："你现在娶了吗？娶了谁？我嫁了吗？嫁给

谁？别以为读了两年书就可以拿这样文绉绉的东西来糊弄我！"

我认真地问："如果我真的做了你男朋友，而我的心在如烟身上，你又如何？"

她一呆，然后说："现在不要考虑这问题！"

我接过话柄说："所以说你这人活得一点都不现实！碰到问题就逃避！不是好同志！"

她恼道："那天晚上你脱我衣服的时候，好像没这么多话说的！"

我顿时语塞，那天晚上，我根本没脱她衣服，我是直接撕的。

她"哼"了一声，说："别告诉我说你那天晚上是在我的身体里面想着如烟！"

她这话一出来，我的头马上就低了下去，像只斗败的公鸡一样，再也说不出任何话来。

"算了，我知道那天晚上不是你的错，是我主动勾引你的，但谁叫你受不了诱惑！现在我又不是抓住这一点来威胁你做我男朋友，我只是希望我在你身边的时候你少提如烟罢了。"

她叹了口气，继续说道："其实，道理大家都明白，只是我们都放不下罢了，我放不下你，就像你放不下如烟一样。"

我叹道："爱过方知情重，醉过方知酒浓。我不能做你的诗，就像你不能做我的梦。"

窗外的阳光依然灿烂，只可惜黑夜总是要来的。

第五章
那一种考验

　　虽然是一人一张被子，但终究是睡在同一张床上，我难免又胡思乱想起来。有时候我不明白李心所做的一切到底是爱我还是在害我。

　　没上床之前她的睡衣就让我几乎喷了鼻血，白得近乎透明，连内衣的颜色和轮廓都清晰可见。配合她的披肩长发，越发显得她的身材骄人惹火。

　　我不禁求饶道："你还是赶快上床吧，天冷，你盖上被子会好一点的。"

　　我相信她能完全明白我话中的意思，但她还是美妙地在我面前转了个圈才钻进被子。无可否认，如烟虽然是舞蹈出身的，但身材也比不上李心，我的思想居然忍不住开始回味起那个酒醉的晚上。

　　哎！我毕竟是男人！

　　幸好李心并不知道我在想什么，她很快就进入了梦乡，她均匀的呼吸喷在我的耳边，又让我的耳根一阵一阵地发热。

　　我的左腿还上着夹板，完全不能动弹，但我的手可以动，我轻轻地用手把她的脸拨向另一边，以免被她的气息所诱惑。这对我来说，是一种心灵的煎熬。

　　有时候想，李心这样做，又是图个什么？爱真的可以让女人如此付出吗？哪怕是没有结果？但细想一下，我为如烟又何尝不是这样？世间情爱，本来就是说不清道不明的，甘心与不甘心，都是自己的决定罢了。

　　李心卷着被子，一个翻身，腿便从被子下伸出来搭在我的腰间，我的脑袋又是一阵发热，我一连几下深呼吸之后，才轻轻地拨开她的脚，扯过被子帮她盖上。

　　但她的手，却又搂上了我的脖子。

　　我心里一笑，这女孩子性格野蛮，连睡觉也这么霸道，真拿她没办法。

　　眼睁睁地看着天花板，我又在想，如果现在身边的人是如烟，该有多好啊！同居五年，几乎每个晚上，如烟都是半个身子趴在我身上睡的，如烟的身子轻盈娇柔，抱着她就像抱一个大娃娃一样，也不知什么时候才能像以前那样每个晚上都抱着她入睡了。

　　漆黑中，身边的李心忽然轻轻地笑出声来，柔声道："在想什么？"

　　这家伙原来是装睡，故意搭手搭脚地来撩拨我！我有点生气了，马上就把如烟搬出来："在想如烟！"

　　她却丝毫不生气，还是很温柔地说："我们亲也亲过了，吻也吻过了，什么也做过了，你就算再混蛋，也用不着在我面前装正经。"

　　有时候我觉得"一失足成千古恨"这话真的没错，跟她之间唯一的一次竟成了她永远的话柄。

她吻着我的耳垂，小声说："别以为我不知道，你刚才一定在回味我们的那一次疯狂。"

"胡说八道！"我是立定决心死不承认的。

"刚才我把脚搭在你的腰间，已经感觉到你已有感觉了。"她不怀好意地说，"别人不清楚，但我知道你绝对是个伪君子。"

"每个男人对美女都会有非分之想，区别在于有些人行动了，但有些人能控制。会控制的人不一定就是伪君子。"我正色说，"我们已经犯了一次错误，我不想再犯同样的错误。"

"你怎么知道那是错误！别忘了，是如烟红杏出墙在先！当初是她先背叛你的！"她的鼻息喷得我难受，"你或许会认为是错误，但我认为这是我们迈向成功的重要一步。"

"但我爱她，你明白吗？而且她现在也回心转意了！"

"别做梦了，如果真的回心转意，就不会说给大家两年时间考验了！"

当日如烟说给大家两年时间考验，其间不再见面，但分离才三个月，她就在圣诞节那天忍不住来看我了，这证明如烟心里还是爱我的。虽然我跟李心同样也有一个两年的约定，但那只是我在敷衍她，希望她能忘了我。没想到现在竟跟她睡在同一张床上！想起这些，我心里马上就对如烟产生了内疚。

"你不觉得，我们这样睡在一起，会对不起如烟吗？"我说。

她"哼"了一声，毫不留情地说："当日她跟香港男人上床的时候，有没有想过对不起你？有没有想过朝一日她会

后悔？"

我正色道："正因为这样！我不希望做对不起她的事！不希望有一天我会因你而愧对如烟。"

"你已经对不起她了！"黑暗中我看不见她的表情，但我知道，她一定是胜利者的表情，至少在这件事上，我确实对不起如烟。

我叹了口气，说："睡吧！把你的被子卷好。"

"你放心，你是我爱的人，又救了我的命，而且腿伤没好，我不会让你为难的。"她也叹了口气。

我觉得李心很可怜，为了爱，什么话都说得出口，什么面子都不要，连女孩子最基本的一点矜持都已经抛弃了，而我却始终给不了她任何承诺，因为我不想骗她，我不希望自己只是因为可怜她而跟她在一起之后再去思念如烟。心灵上的出轨比肉体上的出轨更可怕，就算我勉强跟她在一起，但如果我的心还在如烟身上，那才是对李心最大的侮辱。

回想一下，我难道不可怜？我跟李心其实就是同一个类型的人，都在追求和等待着属于自己的那一份爱。

有些债，好像真的是逃不掉的，冥冥中似乎真有主宰命运的上帝，在安排着一切事情的发生。四个月前离开深圳逃到桃源的时候，本以为可以在这里安安静静地住上两年，没想到事情居然发展成这样，是偶然还是必然？真的只有天知道了。

桃源，不见得真的是世外桃源。

世外桃源，也不见得真的是无欲无求的世外桃源。

天堂般的桃源，却没有天堂般宁静。

我忽然发现，有爱情的地方，就永远也不会有宁静。

但爱情到底是什么？我对如烟算不算？李心对我算不算？我不知道。

我忽然觉得自己很自私，我居然不知道自己是想得到如烟还是想得到爱！

而李心呢？她是想得到我还是想得到爱？

爱又在何方？

一连几天，都没在网上等到小倩，想起那天周浩跟小护士谈话的情景，我的心里便多了一点担心。

我知道小倩新租的房子离我不远，但她并没有告诉我具体是哪一间，所以就算我的腿伤好了，也没办法找到她。

我的腿恢复得很快，医生说再过半个月就可以拆掉石膏了。

年关将至，我不能带着腿伤回家过年，看来2004年的春节我只能在桃源度过了。所幸有李心一直在身旁照顾，两人之间虽然时有口角，但总的来说相处还是比较融洽的。同床异被这么多天，我对她的引诱已经到了熟视无睹的境界，别说是穿半透明的睡衣，哪怕是她不穿衣服站在我面前，我相信自己也能有足够的定力拒绝她的诱惑。

我不知道这是好事还是坏事，但我知道李心对我这一点很不满意，以至有一天她终于问我："我是不是越来越丑了？为什么你看我的眼光会越来越淡然？"

　　我笑道："再好的东西，看多了，也没有神秘感了。"

　　我说过这句话之后，李心便从此改变了作风，换上了保守的睡衣，看到她的转变，我的心里感到很欣慰。我想终有一天，她会明白我并不是她的俘虏。

　　这天下午，我们正在网上看电影，忽然传来了敲门声，我心里一惊，望向李心，只见她也是一脸狐疑地看着我。

　　我们担心的是同一个问题，门外的人如果是如烟，问题就严重了。

　　敲门声还在继续，我跟李心对望了一下，硬着头皮说："开门吧，是福不是祸，是祸躲不过。"

　　幸好，来的人不是如烟，是小倩。看到小倩，我跟李心都不由自主地松了一口气。

　　小倩的姿色还在，但容颜却比半个多月前见她的时候憔悴了许多，一脸的疲惫。小倩看到李心，也是一副奇怪的表情，这也难怪，因为李心在家的时候都是穿着睡衣的。而当日我介绍小倩认识李心的时候，还特别强调说李心并不是我女朋友，而且我还跟小倩说过我女朋友在深圳上班，现在看到李心穿着睡衣出现在我房间，小倩能不奇怪吗！

　　我没等小倩说话，便声先夺人地问："又有半个月没联系了，你还好吗？"

　　小倩摇了摇头，苦笑着说："不好，很不好。"她留意到我的脚，便问："你的脚怎么了？"

　　"被车撞了。"我简单地说，"倒霉的生日。"

　　我心里在盘算着该不该把在医院碰到周浩的事告诉小倩。

　　我看小倩应该是有事才来找我的。于是我说："我的腿已经没什么大碍了，你来找我是不是有什么事？如果有需要我帮忙的地方，直言无妨。"

小倩看了看李心，又看了看我，一副欲言又止的神态。

李心说："大家都是朋友，有什么事直接说出来就可以了。"

小倩有点难为情地对我说："我来确实是想找你帮忙的，但你现在好像也有困难，我都不好意思说了。"

我马上说："我很好，没什么困难，有什么事你就直接说好了。"

我跟小倩虽然谈不上深交，但我佩服她对爱情的执著，而且我跟阿秀之间又是有赌约的，所以只要是力所能及的事，我都会帮她。

小倩咬了咬嘴唇，终于小声地说："我想跟你借钱。"

我听了，马上就松了一口气，就算别的事情我帮不上，但金钱方面，我多少还是能帮点忙的，我毫不犹豫地说："行，要多少？"

小倩说："周浩一直都没找到工作，我原来存下的私房钱也已经用光了，你知道，我没什么朋友的，所以只好厚着脸皮来向你开口了。"

我安慰道："不要难为情，朋友之间互相帮忙是应该的，我理解你们的难处。"然后我对李心说，"帮我把钱包拿来。"

我的钱包里还有2000多元现金，我数了2000元出来交给小倩："这是2000元，你们先顶一阵子，有困难再来找我。"

小倩接过钱，露出感激的神色："谢谢你了。"

我问："怎么这么多天没见你上网？"

小倩说："前几天电脑忽然不亮了，我们都不懂，也没钱修理，只好不上网了。"

李心说："会不会是病毒？"

小倩说："这我就不知道了，但现在连电源都开不了。"

我对电脑也是一窍不通的，便说："拿到镇上找人修理，应该也不贵。"

小倩点了点头说："我明天就去。"

我说："有个电脑，大家可以随时联系，有个照应也好啊！"

小倩点了点头说："嗯！我明白的。"

李心叹道："其实你老公原来是做厂长的，找工作应该不难啊！"

我怕李心乱说话，马上打断了她的话柄说："你懂什么？正因为他之前做厂长，所以现在才难找工作。"

小倩听到我的话，感激之情又挂在了脸上："是的，他做了两年厂长，现在出来确实是高不成低不就，去别的单位应聘当厂长，他又没文凭，要去做出卖劳力的工作，他又不甘心。"

我叹了口气，安慰她说："慢慢来吧，一切都会好的！"

小倩说："这段时间，他的脾气变得不好了，他去找以前的朋友借钱，那些朋友都不理他，就连他妹妹，也在骂他。"

我心里一动，连忙问："他还有个妹妹？"

"是呀！"小倩说，"他妹妹就在镇上的医院里做护士，去年才从卫校分配过来的。"

我和李心对望一眼，心里都明白了，原来那小护士竟是周浩的亲妹妹，估计那天是周浩去找妹妹借钱遭到拒绝，所以才发生了争执。幸好我没把那天看到的事告诉小倩，不然就是枉作小人了。

但我想不明白，为什么周浩有难的时候周围的朋友都不帮他呢？就连亲妹妹也这样？

小倩说："他做厂长时交的朋友，他不好意思去借钱，就算真的开口，那些朋友都跟他老婆认识，谁也不敢给他。而没做厂长之前的患难兄弟，在他做了厂长之后都渐渐疏远了，现在忽然开口借钱，都把他当玩笑。"

"那他妹妹呢？"李心问，"那可是亲妹妹呀！"

小倩苦笑道："她妹妹一直都反对他离婚，这事连他在老家的妈妈都知道了，也在骂他，所以他后来干脆连手机也卖掉了，现在谁也不见。"

小倩的话，让我心里发酸，家家有本难念的经，谁愿意做穷人？没有面包的爱情，照样会饿死的。周浩的家庭也是农村的，他妈妈不舍得这门富贵亲家，也属正常。

我安慰小倩说："先别想太多了，只要你俩同心协力，困难总会过去的。"

小倩拿了钱，千恩万谢地走了，看着她离去的背影，我不禁又为她感到凄凉，以她的姿色身材，竟要落到借钱养男人的地步，而且这男人目前还没跟发妻签离婚证书。

李心把小倩送出门口，关上门回来便叫开了："这什么男人？居然要女人借钱来养他！是我一脚就把他踢出门去！"

我反驳道："你意思是不是说，如果我的腿真的废了，没办法赚钱的时候你也会把我一脚踢上西天？"

李心见我这样说，口气便软了："你怎么同？你是为了救我才受伤的，就算你真的废了，我讨饭也会养你一辈子。"

"帮她只是稍微尽一下做朋友的义气罢了。而在没有了解

所有的事情之前我们都别乱下判决！现在他们之间的事情，我们知道的还不多。"我说，"那天我们在医院看到的事，虽说是亲眼看到的，但不一定就是事实真相！"

李心不服气地说："你一出手就是2000元，够大方的，这钱他们不知道猴年马月才能还给你了。"

"我本来就没指望她还我钱。要说大方，我当初还打算把整个影碟店送你呢！"

李心瞪了我一眼，嘴巴动了动，终于没再说话。

李心不知道我跟阿秀之间的赌注，但我想这赌注我会赢的，现在已经过了一个多月，小倩他们虽然有困难，但相对来说应该还是恩爱的，不然就不会借钱都要一起生活了！

我相信小倩的困难只是暂时的，所有的困难都将随周浩找到工作而解决，我担心的是周浩，除了厂长之外，他还会做什么？

3

第二天，小倩果然就把她的电脑修好了，在网上跟她聊天，始终感觉到她心里的落寞，作为朋友，除了尽量给她安慰，我也想不出什么好办法。

很快又到了过年，年三十的晚饭，是四个人吃的，我、李心、阿秀和小倩。阿秀是下午提前关店之后才坐车赶过来的。而小倩，则是因为我从网上聊天中得知周浩被母亲叫回老家过年去了，而她因为名不正言不顺，不能跟他回去，所以我干脆也把她叫来一起热闹。

我的腿伤还没好，医生说要年初七才能给我拆夹板，所以晚饭是由小倩和李心合力掌勺。虽然都是简单的菜式，但也做得色香味俱全。可吃饭的时候，却没有人能真的笑出来。

我能理解她们，每个人都希望过年的时候跟家人团聚，包括我自己也一样，我不愿意带着伤回家让父母心疼。而李心父母早亡，剩下一个姐姐，嫁了个没钱的主，自己都照顾不了，哪里还顾得上她？小倩的家庭跟李心几乎是如出一辙，当初她也就是为了有钱给父亲治病才作了周浩情妇，虽说现在他们已经是真正的情投意合，但只要周浩一天没在离婚协议上签字，她都还是那只躲在黑暗中的猫。至于阿秀，她从来没跟我提起过她的家庭，但从她自己租房子住而又常年漂泊在外的生活看来，也不见得会有什么好的家庭背景。

四个人一口一口地扒着饭，各怀心事，都不怎么愿意说话。最后还是生性活泼的李心先开口道："没意思！没意思！都只顾吃饭，谁也不说话！没意思！没意思！"

阿秀说："那要怎么样才有意思？"

李心说："团圆饭，吃的不是饭！是亲情！是气氛！有说有笑才好，现在这样死气沉沉的算什么？"

小倩是个敏感的人，马上就说："不好意思，是我心情差，所以不知道说什么，害大家也陪着我心情不好。"

我理解小倩，周浩回家没带上她，对她来说无疑是个不小的打击，这至少证明了周浩的家人还不能接受她。当然了，周浩现在还是别人的合法丈夫，他也是难做人。

李心一甩头说："不关你的事，我不是在说你。"

阿秀接口道："你不是说她，那是在说我了？"

李心又摇头说："也没说你，你别往自己身上揽！"

我笑道："那是在说我吧？这里就我一个男的，我不说话，是不是就没话题了？"

李心瞪了我一眼，说："不说了，不说了！都不说话吧！喝酒！"

她拿起面前的酒杯说："来来来！干了这杯，大家都新年快乐吧！"

医生叮嘱过我，伤好之前不能喝酒的，但这时候，也顾不得那么多了，反正现在伤也好得差不多了，少喝一点就行。

酒是话引，几杯酒之后，大家的话才开始多起来。李心是个爱热闹的人，喝了酒，说话的音调就高："我有个提议！"

我笑道："你又有提议？为什么每次喝酒之后你都有提议呢？"

小倩是第一次跟我们喝酒，马上就问我："她每次喝酒之后都这样吗？"

李心横眉说："没有提议就不好玩了！不管谁开心谁不开心，今天过节，都给我笑出来！有什么烦恼，明年再说！"

阿秀说："你这丫头。"

李心哈哈笑道："别废话，先听我把提议说完！"

我们都看着她，然后她说："2003 年算是过去了！还有几个小时就是 2004 年，我的提议是，每个人都把今年发生的两件事说出来，一件是最开心的，一件是最不开心的！谁说错了，罚酒！谁说得好，敬酒！"

小倩说："说得好不好都要喝酒？我酒量很差的！"

李心说："酒量差没关系，你喝醉了也没人会对你怎么样！今天过节，不喝酒做什么？"

小倩脸一红，瞄了我一眼，没再说话。

我说："又碰上个流氓！"

李心说："难道你有什么好提议？"

阿秀说："照这样说，大家都不要说什么事了，一杯一杯干下去，醉了拉倒吧！"

李心想了一下，说："那这样吧，说得好就不用喝！但另外三个要喝，说得不好的，就罚他自己酒喝，另外三个不喝，大家觉得怎么样？"

这规矩还是挺合理的，反正是无聊，大家便都答应了。李心是提议人，便由她先说。

李心清了清嗓子，说："第一轮，先说不开心的，我今年最难过的，是父亲病逝了。大家喝酒吧！"

小倩说："就一句话，完了？"

李心说："就一句呀！我爸病逝了，是我最难过的呀！"

小倩说："再怎么样，也有个来龙去脉吧？我看你现在好像也不难过呀！"

李心说："病了两年，其实早就知道他随时会去世的，所以有心理准备，何况人死不能复生，或许他在另一个世界活得更快乐呢！过了这么久，我也不难过了。"

阿秀说："行了！你说不难过的！还是你喝酒吧！"

李心说："我说是今年最难过的事啊！怎么不难过呢！现在不难过不代表当时不难过啊！说实话，我老爸对我很好的，他刚去世的时候，我伤心死了，后来有人给我说了一大通什么生老病死的理论，我想通了，也就不怎么难受了。"

阿秀看了我一眼，说："所以有人从此被感化了，打算

那一种考验

以身相许了。"

我说："别岔开话题，李心算是说完了，大家做裁判，认为她说得好的举手。"

没人举手。李心瞪了我们一圈，愤怒地把自己面前的酒喝了，说："行！你们认为我说得不好，我喝酒，下面该谁?"

小倩说："我说吧，也是先说最难过的事。我今年最难过的是前天，他临走的时候跟我说的一句话。"

李心问："什么话?"

"他在门口扶着我的肩膀对我说：'无论如何，我都爱你!'"小倩小声地模仿着周浩的表情，坚定而执著。

李心说："这没什么好伤心的，应该高兴才对！你喝酒吧!"

我叹了口气，说："这话，确实够伤心，我认为小倩不该罚酒。"

小倩用感激的眼神看了我一眼。

李心却问："为什么?"

我缓缓地说："这句话一共有八个字。"

李心听了我的话呆了一下没作声。阿秀则说："我也明白了!"

我说："这'无论如何'四个字，代表了太多东西！往坏处想，可以理解成'就算回老婆那里，我都爱你!'又可以理解成'就算我不回来，我都爱你!'"

阿秀举起酒杯说："我们三个干了吧!"

小倩说："其实这么多天以来，我跟他的关系都不怎么融洽，主要还是他家里的压力太大了，他妈妈说他要是敢离婚，就死给他看。"

我叹道："别想太多了，船到桥头自然直，事情总有解决方法的。"

小倩强笑道："顺其自然吧！有些东西，真的强求不来。"

李心打断了话题说："好了，酒喝了，下面该谁？"

阿秀说："到我了，我今年最不开心的事，是在海南岛被小偷割了钱包，损失了 500 元。"

李心说："就这样？"

阿秀说："是啊，就这样啊！这就是我今年最不开心的事！500 元哪！"

李心说："不行！不行！我们说的都是家里或感情上的大事，你这区区 500 元，算什么？"

阿秀道："我家今年没死人，我也没男朋友，唯一可以伤心的，真的就这事了！现在是说自己最伤心的事，不是在比谁更伤心！"

阿秀说得好像有道理，看起来她算是我们中间最快乐的一个，无牵无挂的，一年中就丢这 500 元最让她伤心了。

小倩看着阿秀："我真羡慕你！"

阿秀笑道："没什么好羡慕的，你如果觉得累了，可以学我，或者干脆跟我走，我们结伴同游。"

小倩问："那靠什么吃饭？"

我笑道："她是摄影师，到处拍照片卖给杂志社赚稿费。"

小倩两眼发光，说："佩服！"

我对小倩说："你千万别跟她走，这家伙 20 多岁还没男朋友，我怀疑她有同性恋的倾向，小心中招！"

　　阿秀冷冷地对我说："没男朋友就是同性恋？嘿！好像你应该知道我不是同性恋吧？"

　　我确实知道阿秀不是同性恋，她已经用她的火热向我证明过了。

　　李心侧着脑袋，看着阿秀，问："他为什么要知道你不是同性恋？"

　　我咳了一声，说："开玩笑的！谁都知道她不是同性恋。"

　　小倩笑道："跟你们在一起很开心的，与你们聊天很有意思。"

　　阿秀说："行了！我的伤心事说完了，你们三个喝酒吧！"

　　对于阿秀来说，这确实算得上是她的伤心事，我们三个人都把面前的酒喝了。然后李心转向我："现在该你了！"

4

　　想来想去，2003 年我似乎经历了很多事情，从移居深圳开始，然后如烟跟网友发生感情离我而去，我跟李心认识并发生感情纠缠，之后如烟却又回心转意回到我身边，我变成了夹在两个女人中间的"三文治"。然后如烟再次出走，我上柳州追寻，换来两年考验的约定，然后我离开深圳回到桃源，认识小倩，之后跟阿秀偶遇，阿秀又在我生日那天把李心带来，以致发生交通事故我至今腿伤未好。而在圣诞节如烟还是忍不住对我的思念而连夜坐出租车过来找我。这些事，看起来错综复杂，但如今一幕一幕如电影般在我脑海中闪过的时候，我竟分不清哪一件才是我最伤心的事了。

我叹了口气，说："今年我最伤心的事，就是生日那天被车撞倒了。"

李心马上说："错了！罚酒！罚酒！"

我说："这是我认为最伤心的事，本来我可以回家过年的，可是到现在腿伤都没好，够伤心了！"

李心说："别人我不知道，但你今年最伤心的事，该是如烟的出轨！"

这话一出，小情马上就露出奇怪的眼神看着我："如烟是谁？"

阿秀说："他女朋友。"

小情看着李心："那你是……？"

李心说："我是他将来的女朋友。"

小情举起面前的酒杯说："我喝酒。"

我说："我不认为那是我最伤心的事，原因我相信你很明白的。"

如烟跟网友发生关系，我又何尝不是因醉酒而跟李心疯狂了一夜？这世界很公平，就算我跟如烟都错了，但责任不能全部推在她身上。

阿秀说："不知道你们在打什么哑谜！"

李心说："没什么！"

阿秀说："我不信！一个是危险关头舍身相救，一个是衣不解带地日夜侍候，天知道这大半个月你们在做什么？"

小情也说："我不知道你们之间的事情，但这里好像只

有一张床。"

李心被小倩这样一说，也不知道该不该解释了，只好看着我，我沉声道："你们信不信都一样，这大半个月我们睡在同一张床上，盖各自的被子，没发生任何事！"

有些事，确实是越解释就越乱，而李心则好像根本不希望解释，最好就是全世界都认为她是我女朋友。

阿秀瞪着眼睛，一脸狐疑地看着李心："他说的是真的？"

李心点了点头说："真的。"

阿秀骂道："你是不是女人？大半个月了居然没把他拿下！"

小倩则小声对我说："你是不是男人？"

我没回答她的话，只是苦笑道："现在我把伤心事说了，大家认为我说得如何？"

三个女的同时说："罚酒！"

女人都是比较容易成为统一阵线的，她们要罚我的酒，我就只能喝了。李心说："刚才让大家回顾了 2003 年的伤心，是为了后面想起开心事的时候能更快乐啊！先苦后甜！"

阿秀道："那还是你先说吧！"

李心指着我说："2003 年，我最开心的一件事，就是认识了这家伙！"

我马上反对："罚酒！你为我流了这么多眼泪，应该是伤心才对，不能算是开心事！罚酒罚酒！"

李心哈哈笑道："如果不是认识你，我现在还是个感情无依的小女孩，如果不是你把影碟店交给我管理还分一半利润给我，我现在还要为两张保单被人调戏，如果不是认识了你，或许我现在还沉浸在丧父的悲痛中，如果不是你，或许我已经被车撞死了！你说！我认识你算不算是最开心的事？"

我想了一下，说："如果你不认识我，你不会为感情烦恼，如果你不认识我，你也根本不会来这里，更不会被车撞到，如果你不认识我，或许你现在已经嫁入豪门做阔太了！"

小倩听着我们的对话，托着下巴说："没想到你们之间还有这么多故事啊！"

阿秀问："凭良心说，你到底是不是真的快乐？"

李心说："当然！"

阿秀问："你明知道他只喜欢如烟，你也快乐？"

李心奸笑一声，道："子非鱼，焉知鱼之乐！"

我说："行了，算你通过吧，我们喝酒。"

阿秀喝着酒，不服气地说："没脑筋的女人，确实容易快乐！"

李心说："你懂快乐？什么叫快乐？快乐就是我喜欢，我愿意，我乐意！"

小倩点头道："理解！"说着也把面前的酒喝了。

李心对小倩说："该你了！"

小倩想了想，说："我最快乐的事，就是前天他出门的时候对我说的一句话。"

我们三个人几乎同时问："什么？"

小倩学着周浩那坚定而执著的神态说："他跟我说，'无论如何，我都爱你！'"

李心马上叫道："耍我们啊！刚才你说最伤心的是这句话，现在说开心事，你又把他搬出来！罚酒！双倍！"

小倩笑道："无论如何，他都爱我！难道不值得开心？"

　　这话好像是值得开心，无论什么环境下，周浩都会爱小倩，能让一个男人说出这样的承诺，容易？

　　我叹道："开心伤心都是爱！算你过了！"

　　李心和阿秀想通了其中意思之后，也都举起了酒杯。小倩说："为他这句话，这杯我也喝了！"

　　四人干杯，一口而尽，阿秀说："该我了，我今年最开心的事，就是我去西藏的时候，把相机忘在汽车上了，后来开车的司机，把相机完好无损地送了回来。"

　　我笑道："这算是开心事！"

　　阿秀说："虽然这相机本来就是我的，表面上我没得到什么，但我还是得到了一样很重要的东西！"

　　李心问："什么？"

　　"温暖！"阿秀说，"这相机 1 万多元，而且是我的吃饭工具，当时我丢了之后，眼泪都急出来了，你想一下，当别人送回来的时候，我是什么心情？"

　　小倩道："这事值得高兴！"

　　阿秀说："那司机不要报酬，也没留名字就走了。后来我做了面锦旗，上面写着'拾金不昧'四个字，送到车站去了，说明是送给那班车的司机的。"

　　李心说："阿秀这事，算通过了，我们三个喝吧！"

　　阿秀举杯道："现在想起这事，我的心头还是很激动，这杯我也喝。"

　　然后又轮到我了，我想了想，说："今年我最开心的事，是圣诞节的晚上，如烟忽然出现在我面前。"

　　李心说："圣诞节？不对啊！如烟是跟我们一起玩的！"

　　我微笑道："她是跟你们吃了饭之后才来的。那天我一个人真的很孤独，想你们却又怕见你们，然后自己到酒吧买醉，结果等我回来的时候，如烟居然在门口等我，那种惊喜，真的是无法形容的。"

李心听了，脸上便有了醋意，哼道："那时候如果我知道你住在这里，我也来。"说完又瞪着阿秀说："就是你！这么迟才肯带我来！"

阿秀道："你还说！我现在都在后悔带你来！"

李心好奇道："为什么？"

阿秀说："我带你来了之后的代价是什么？我帮你守一个月的店子！还免费的！有异性没人性！"

李心听了，便有点不好意思，讪讪道："他腿伤了，我照顾一下也是正常的嘛。"

阿秀摆手说："我够了解你了，就算没这事，你也会有别的借口留下的。"

李心拿起酒杯说："姐姐好，我敬秀姐姐一杯。"看样子她是被阿秀点中了死穴，无力反击了。

小倩说："有时候我确实不太明白爱情到底是什么，为什么总是那么难？那么累？"

李心叹了口气，说："问世间情为何物？直教人生死相许！"

阿秀一杯酒喝下肚笑道："情是身外之物，不要也罢！"

阿秀是个可以要男人但不要爱情的人，跟她说爱情简直是对牛弹琴，我笑道："情是罂粟，美丽而诱惑，容易上瘾，但却有毒，中毒越深，死得越快！"

阿秀对李心说："你就中毒了，而且很深，看来是离死不远了。"

　　我正要说话，手机便响了，是如烟打来的，一看是她的号码，不知是什么原因，我竟不由自主的松了一口气。按了接听键，马上就听到了她的声音："新年快乐！"

　　我笑道："今天是大年夜，还没到新年呢！"

　　"这叫预祝嘛！你还好吗？"

　　"我很好！"

　　"你现在在哪里？有没有回家过年？"

　　我犹豫了几秒，决定撒一个善意的谎言："我在家呢！"

　　我这话说得很笼统，只说家，没说老家，因为这里虽然是我的租的房子，但也算是我一个临时的家。我说在家，是不希望她为我担心，而且我怕她知道我没回家过年之后，会忽然从深圳跑来给我一个惊喜，到时候我是真的不知道该怎么解释我跟李心的关系了。

　　"那代我问候你家人吧！"她说。

　　"好的！我也同样祝你家人新年快乐。"

　　"谢谢你啦！我们刚吃了团圆饭！"

　　"真希望有一天我也能在你家吃团圆饭！"我说。

　　"我爸妈都在旁边呢，先不和你说那么多了，我妈叫我去逛花街！"圣诞节之后到现在将近两个月了，如烟就主动打过这一个电话来，而且就这几句话，不免让我有点失落，但回想一下，当初我离开深圳的时候，我们还约定两年之内不再见面，不通信息，真正经历时间的考验呢！现在能通一下电话，也算不错了，何况圣诞那天她还跑过来，算是待我不薄了，现在想来，圣诞那个晚上她一时冲动连夜坐出租车过来找我，算不算是她先违反了约定？换句说，她能违反约定来找我，那我是不是也能违反约定去找她？

挂了电话，却见李心一言不发只是狠狠的盯着我。而阿秀则若无其事地舔着啤酒，小倩微笑着问我："打电话的就是你的如烟？"

我点了点头，讪笑道："过年过节的，打电话互相问候一下也是应该。"

李心学着我刚才的语气，说："真希望有一天我也能在你家吃团圆饭。"

我赔笑道："喝酒喝酒！来！大家都喝酒吧！"

阿秀举杯道："今晚谁要是弄得我不开心，我就用啤酒瓶敲他脑袋！"

李心马上举手说："赞成！"

5

四个人边喝边聊，吃完饭之后已经是 8 点多了，我的腿不方便，不能出去玩，饭后，四个人干脆便拿着酒瓶都坐到床上，在网上看中央电视台的春节联欢晚会直播。

桃源是市郊，又比较偏僻，但胜在是风景区，附近的人都喜欢在年夜就跑到庙里去，然后只等新年钟声一响，就在佛前上香，以求得来年财源广进、合家平安。从窗户看出去，碧波湖边都是人流，三五成群的向庙里走去。

阿秀笑道："广东人怎么就这么迷信呢！"

我说："这不是迷信，这叫信仰。"

李心道："有区别吗？"

我说："当然有区别，但现在不跟你讨论这个，你们三个要不要也去庙里排队？等着上新年的第一炷香？"

小倩和阿秀都摇头，阿秀说："心诚自然灵，多做善事比烧一万炷香还有用！"

李心对我说："可惜你的腿不行，不然我倒想和你一起去，看外面好热闹啊！"

李心始终都是个喜欢热闹的性格，让她在这里陪着我忍受寂寞，倒是难为她了。我笑道："等我腿伤好了，一定陪你去一次。"

看着联欢晚会一直到 12 点，开始新年倒数了，我们都跟着主持的节奏开始喊起来"9，8，7，6，5，4，3，2，1……新年快乐！"

然后就听到窗外传来机关枪似的爆竹声，现在市区都禁止燃放烟花爆竹，但桃源却是特许燃放烟花爆竹的地方，人们都带着爆竹和烟花来这里燃放，天上地下，到处是五颜六色的烟花，煞是壮观，火药味弥漫着整个桃源的夜空，连躲在房内的我们也被呛到了。

李心把窗关上，说："吵死了！搞得我听不到电视的声音了！"

剩下的啤酒也不多了，我们就一起把最后的啤酒喝完，算是迎接新年的到来。

四个人之中，除了李心酒量稍强之外，我们三个都是酒量有限之人，大家都有了醉意，小倩问："你们有没有守岁的习惯？"

李心摇头说："小时候在湖南，就有这习惯，其实是在等大人的红包，来广东之后就没有了，过年对我们来说，跟平时没什么两样。"

阿秀也摇头说："我也没有守岁的习惯。"

小倩笑道："有钱天天都是过年！既然大家都没有守岁的习惯，那我回家睡觉了。"

我笑道："今年的过年是我最难忘的！"

李心问："为什么？"

我说："你们三个，都可以说是绝色美女，都在陪我迎接新年，我想我这一生都不会忘记。"

确实，她们三个，无论谁都算是绝色，其中又以小倩最漂亮，阿秀是健康活力，李心是娇巧而身材惹火。

小倩笑道："嘴巴真甜！"

我说："既然都没有守岁的习惯，那就睡吧！周浩不在，阿秀就去小倩那里睡好了。"

阿秀点头道："我跟小倩谈得投缘，正有这意思！"

小倩跟阿秀便带着酒意互相搀扶着走了，只剩下我和李心在房间。我也是酒意上头，便对李心说："你自己继续看电视吧，我头晕，先睡了。"

李心把脸凑过来，说："今天是新年第一天，是不是该做点什么来庆祝一下？"

我一惊，连忙说："我喝多了，头晕呢！你也别胡思乱想了，趁早睡吧！"

李心道："外面的爆竹声这么吵，你睡得着？"

"我喝晕了，别说是爆竹声，就是炮弹声，我也照睡不误。"

李心不说话，却把灯关了。

我警惕地问："关灯做什么？"

那一种考验

话音刚落，我就被她吻住了嘴唇，她整个人斜压在我身上，虽然没碰到我受伤的腿，但也压得我呼吸困难，我想推开她，但双手在被子里被她压住了。

20多天朝夕相处，原以为她已经不再对我有非分之想，没想到她会选择在新年的第一天对我这样。

她的吻温柔而又带着狂野，顷刻间我便失去了抵抗能力。她抱着我的脖子，很认真的吻我，我的血液又开始沸腾。

她在我耳边呵着气，柔声道："记得那天晚上吗？"

我强忍着欲望，艰难地说："记得，但那天是真的喝醉了。"

"今天你也喝醉了。"她狠吻着我的耳垂，"那天晚上什么感觉？"

我不想去回忆，也不敢去回忆，但那天的情景又在我脑海里闪现，她温柔的吻，火热的体温，纤细的腰肢，滑腻的皮肤，热情的呻吟，都让我无法忘记。

我挣扎着说："你记得如烟吗？知道我爱如烟吗？"

这时候，如烟是我唯一的武器。

"告诉你，这招对我没用。"她仿佛变了一个人，她不再是那个活泼野蛮的李心，而是一个妖媚燃情的女人。

我闭嘴不语，虽然我们之前有过那一晚情，虽然她给过我从来没有的刺激，但我知道，我爱的人是如烟！

"你放心，今天我不会对你怎么样，因为你的腿还没好。"她娇笑道："但我要你用心给我一个吻，就像那天晚上一样。"

我有点啼笑皆非的感觉，现在是什么状况？我成了俘虏？

我还没说话，她又吻上了我的唇，她吻得很小心、很温柔又很认真，我记不清这是我们第几次接吻了，我只知道她的唇确实有无限的吸引力，只要一沾上，我就会神魂颠倒，所有的理智就如在风雨中的颓墙败瓦一样倒塌。

我闭上了眼睛，脑海里忽然闪过一句话："当不能抵抗时，干脆就尽情地享受吧！"

窗外的鞭炮声虽然还在不停地传入耳朵，但我的意识已经渐渐地被李心这一吻摄住，就算如烟，也没有本事让我如此忘情地接吻。我甚至忘记了叹气，只知道不停地回吻她。

我渐渐地控制不住自己的双手，我的手从被窝下伸出来把她紧紧地抱住，又不自觉地从她后背移到前面。

李心忽然又把我推开，笑着说："今晚上我对阿秀很不满意。"

她的吻一离开我的唇，我的意识马上就恢复了，喘着气问："为什么？"

"她居然问我是不是女人！"李心说，"其实，我是不是女人，你比谁都清楚。"

我无奈地点头道："你简直可以说得上是魔女了！"

她柔声说："我不是没本事把你拿下，而是没有把握抓住你的心而已！"

我承认她说的是对的，一个像她那样的女孩子，如果要全力勾引一个男人，我相信没有任何男人可以抵挡得住。

"何苦呢！"我确实不知道该怎么对付她，我毕竟是男人，而我们也曾发生过关系。

"我乐意，我爱你！"她伏在我的胸口，抱着我说，"知道吗？我爱你！爱你！很爱很爱！"

我知道！我能不知道吗？但这又如何？我爱如烟！

　　她的手绕过我的脖子，轻轻地揉捏着我的耳垂，柔声说："其实我很清楚自己的吸引力，但我面对你的时候，就会变得没有信心。"

　　她的吸引力我是深有体会的，就如刚才，她一吻上我，我就已经缴械投降了。有时候我又会产生疑问，李心的吸引力到底在哪里？为什么她一吻我，我就会不由自主地控制不了自己？

　　李心的外套还穿在身上，她坐起来，把外衣脱掉，就在房里换上了睡衣。虽然是关了灯，但窗外不时闪烁的烟花亮光，却让我在黑暗中能隐约看到她的动作。

　　或许这就是朦胧美吧，我忽然有一种控制不了自己的感觉，我连忙闭上眼睛，在心里默数着阿拉伯数字。

　　李心换好睡衣，又趴在我身上："新年第一天，我能不能睡在你的怀里？"

　　我苦笑道："我可以说不吗？"

　　她在我耳边吻了一下说："不可以。"她说着，一脚把自己的被子蹬开，"你忍心看我这样着凉？"

　　我掀开被子，她马上就钻进了我的怀里，我说："只抱着睡，别的举动就不要了。"

　　她双手环抱着我的胸膛，半个身子压在我的身上，腿搭在我腰间，满足地说："嗯，我们就这样睡，好舒服。"

　　她当然舒服，我却难受，她柔软的胸脯隔着睡衣顶在我的胸前，透着一股说不出的诱惑，她压在我腰间的大腿几乎是裸露的，体温透过我的睡衣袭击着我的理智。让我几乎崩溃了！

　　她忽然又轻轻一笑道："如果你不知道该怎么摆放自己

的双手，可以把手放在我的肩膀或腰间。"

我终于忍不住骂道："妖女！"

她听了却不生气，反而笑道："现在还不算，等你的腿伤好了，我会让你见识到什么才是真正的妖女。"

我说："我腿伤好了，就由不得你了，到时候你最好给我乖乖地跑回深圳去。"

她没说话，忽然又吻上了我的唇，刚才隔着被子外衣我被她亲吻尚且控制不住，现在只隔着一层比纱还薄的睡衣，我哪里还有理智，双手几乎马上就探进了她的内衣里面。

她忽然又放开了我，把我的手从她的内衣里抓出来，笑道："你终究还算是个男人。只可惜，就算你的腿伤好了，我也有把握把你拿下。"

我长叹一声道："生不如死！"

她又是一笑说："估计是喷鼻血而死吧？"

看她那得意的样子，我终于狠下心肠说："现在你最好别说话了，要在我怀里睡就乖一点，不然我就一拳打晕你，让你在地板上睡！"

6

有时候，我很为李心难过，我不知道她这是勇敢还是可怜，我给不了她任何东西，就算我真的受不住她的诱惑而再跟她发生肉体关系，那也只能算是男人的本能，而不是爱。

不管她做什么，我始终无法将感情从如烟身上移开，这

就是我们之间的无奈吧！李心确实是个很好的女孩子，除了性格稍微野蛮一点，几乎很难再找到别的缺点。我不知道我们的关系还能维持多久，我忽然又想逃了，我想在腿伤好了之后就把李心支回深圳，然后换一个地方居住，或许这样对我们三个人都有好处吧！

第二天一早，阿秀和小倩就来敲门，李心睡眼朦胧地跑去开门，马上就被阿秀取笑了："哇！你穿这样的睡衣跟他睡在一起，还说没拿下？"

李心的睡衣确实是透明得离谱。

我说："一人一张被子，井水不犯河水呀！"

阿秀说："嘿！梁山伯与祝英台么？"

李心反驳道："臭娘们！关你什么事？"

阿秀笑道："哇哇哇！恼羞成怒了呢！算了，不说你了。"

可能是受春节气氛的影响吧，小倩今天的气色也不错，她笑着对我说："我们想去庙里上香，你能不能去？"

我摇头道："我要过几天才能动，你们去吧。"

李心也摇头说："我也不去了。"

我知道李心是因为我不去，所以才说不去的，便说："你去吧，顺便帮我求一道平安符回来。"

李心说："那你一个人在这里呀？"

我指了指电脑说："我上网。"

李心想了一下，便答应了。

三个女孩子走了之后，我顿时觉得这房间完全清净了，其实我是个怕寂寞却又拒绝热闹的人，这本身就是个矛盾，但没办法，一向以来我都是这样，寂寞的时候想找人陪，等到有人陪的时候又开始怀念寂寞。

打开电脑看电影，看着看着竟睡着了。

醒来的时候，三个女孩都回来了，吵吵嚷嚷的，房间热闹得像个市场。李心拿了一个小小的平安符出来挂在我的脖子上，我忽然就想起李欣，当日我去庙里帮李欣求平安符之后，也是这样帮她挂在脖子上的，只可惜那平安符挂在她身上没两个月，她就出事了。

"你发什么呆?"李心一推我。

我回过神来，摇头道："没什么。"

我决定等伤好之后，就去碧波湖边拜祭一下李欣。

阿秀和小倩则提着好多糖果饼干水果什么的，全部堆在桌上，阿秀笑道："我虽然不喜欢吃零食，但既然是过节，就买一点了。"

今天是大年初一，广东人的习俗是在年三十做很多的菜，然后在初一吃剩菜，称之为"年年有余"，图个好兆头。而一般又在年初二才开始杀鸡宰鸭，重新开伙，称之为"开年"。小倩到厨房动手把剩菜都热了拿出来，李心却叫道："糟糕!忘记买酒了。"说着便想出去买酒。

我连忙叫住她："今天就别喝酒了，老是喝酒对身体不好，要喝也等明天喝吧。"

李心嘀咕道："不喝酒不好玩，不喝酒，吃饭的时候大家都不说话的。"

我笑道："今天不用喝酒也有话题的。把你们今天到庙里的见闻说一下吧!"

阿秀说："几个字就说完了，人山人海。"

小倩说："香火旺盛。"

李心道："没找到老和尚！"

我笑道："过年过节老和尚比谁都忙。"

李心问："为什么？"

我说："要到处做法事，为众生祈福。对了，今年庙里没发红包或馒头？"

阿秀说："发了，好多人在排队，我排了几分钟，觉得没意思，就不排了。"

我说："可惜了！这庙每年的大年初一都会给游客发馒头和红包的，红包里虽然都是一毛几分的零钱，但也是个意思。"

这一餐饭，虽然没喝酒，但也聊得蛮爽的，小倩跟我们认识时间虽然不长，但也能融合到一起，并不觉得生疏，而阿秀在她家睡了一晚之后，感觉就像做了她姐姐，言语间常为她着想。

小倩也是个可怜人，没什么朋友，现在见她跟阿秀这么投缘，我也是高兴，多个朋友，总是好事。想起我跟阿秀之间的赌约，算起来期限也差不多到了，看来我基本上是赢定了，不管以后怎么样，但我想这十天半月之内小倩跟周浩还不会分手吧！

吃完晚饭，阿秀提议去酒吧玩，小倩马上举手赞成。李心则看着我，我说："我去不了，你们要去就去吧，节日时候人多，注意安全就行了，别太晚回来。"

李心问："又把你一个人丢家里？"

我笑道："这有什么？我早就习惯一个人生活了。"

三个女孩手牵手地去了酒吧，我只好又看电影。李心果然很听话，没到12点就回来了，进门叫大叫道："我听话吧！

这么早就回来了!"

看样子她是喝得很过瘾，我说："嗯！是够乖的！阿秀和小倩呢?"

李心哈哈笑道："她们被我灌倒了，回家睡觉去咯!"

我有点担心："灌倒了? 怎么回家?"

"笨蛋! 我送她们回家，然后才回来的!"

知道小倩她们已经到家了，我才放心下来，却见李心一边说话一边把自己脱得只剩下内衣了，我连忙道："你冷不冷? 穿上睡衣啊!"

她一摆手说："没事，你放心！我听阿秀的，不会动你了! 你安心睡吧! 哈哈哈哈!"

她翻出睡衣套在身子上，爬上床来，又钻进我的怀里："我只要你的怀抱，但你别乱动我，你要是敢动我，我就对你不客气!"

这家伙八成是喝多了，从来没见她这样对我说话的，忽然又想起阿秀在这里睡的第二个晚上，好像说的也是这一句"你要是敢躺下来，我就对你不客气。"

我心里便有点怀疑，阿秀会不会跟李心说了什么?

7

广东的习俗，大年初二是"开年"。晚饭还是由小倩跟李心下厨，很丰盛，李心又买了酒回来。

看着一桌的酒菜，我笑道："我感觉过年除了大吃大喝

之外，跟平时真的没什么两样。"

阿秀说："本来就是这样，以前的老百姓比较穷，平时都是粗茶淡饭，一年中只有几个节日可以吃上一顿饱饭，所以现在到了过年，最主要的还是吃。"

李心附和说："有道理。"

我点头道："确实是这样，中国地大物博，但人口也多，长期以来，人们都是在为解决温饱问题而奋斗。这一点，从一句最简单的话就可以看出来了。"

小倩问："什么话？"

我说："平时我们见面打招呼的时候，说得最多是哪句话？"

小倩说："平时？不就是说'你好'吗？"

我笑问："接下来呢？"

小倩想了一下，摇摇头说："不知道了。"

李心想了一下说："我知道了！一般还问'吃饭了吗'？"

我点头说："就是这句，我们在街上碰到朋友的时候，很自然地就会问：'你好啊！吃饭了吗？'为什么会这样呢？细想一下，这是小时候就养成的习惯，而这种习惯来自老一辈的教育和周围环境的影响。"

阿秀说："确实是这样，小时候爸妈带我上街，看到熟人，就会互相问'吃饭了吗'？好像只要吃饱了饭之后就再也没别的事了，后来长大了，也很自然的会问别人'吃饭了吗'？"

我说："三餐一宿，算是老百姓最基本的要求吧，不管做什么，首先都要先填饱肚子。"

李心说："有时候明明看见朋友咬着牙签剔着牙从饭馆

出来，我们还是会问 '吃饭了吗'？我觉得这话是完全是属于客套了。"

小倩说："那是没话找话说。"

我说："没错啊，是客套，但你想一下，为什么这话会成为客套话？还不是因为人们已经习惯了。"

小倩若有所思地说："春节之后，我也打算去找工作了，不然就没饭吃了。"

阿秀说："跟我走吧，春节之后我又打算出游了。"

李心听了便着急，拉着阿秀说："你走了，我怎么办？"

阿秀喝着酒："他的伤好了，你就回深圳，我才不会再帮你看店子。"

李心说："但他的伤还没好。"

阿秀笑道："那我现在也还没走。"

我对小倩说："以你的本钱，找工作应该不难。"

小倩抿了一口啤酒，淡淡一笑，说："看是找什么工作了。"

那也确实，女人长得漂亮，比较容易找到工作，但却不一定能找到自己满意的工作。

阿秀说："别找了，跟我走吧！"看起来她很希望跟小倩一起去浪迹天涯。我对她说："人家还有周浩的！不像你那样无牵无挂。"

小倩叹了口气，没说什么。

李心却道："今天是开年哪！大家开心！什么心烦的事先抛开！喝酒！"

晚饭后，我想起昨天晚上李心回来之后的表现，便找了个机会偷偷问阿秀："昨天晚上你们出去喝酒，你有没有胡

说什么?"

阿秀摇头道:"没说什么呀!"

我说:"那就奇怪了,昨天晚上李心回来之后说的话,怎么跟你那天说的几乎一样?"

阿秀问:"哪天?什么话?"

我气道:"还有哪天?就是你来这里的第二天,你说我要是敢躺下来你就对我不客气。"

阿秀听了之后便笑:"我想起来了,昨天晚上我们好像是聊起你了。"

我紧张地问:"你跟李心说了什么?"

"没什么!别紧张!"阿秀悠然地说,"我们只是在研究你到底是不是男人,然后我就把那天晚上的事告诉了李心,小倩也把来你这里借宿的事说了出来。李心则把你们的那一夜描述了一番。"

我几乎就晕了过去,几个女人聊天,聊的却是这些事!难怪李心回来之后好像对我有意见。

阿秀说:"其实也没什么呀!我们一致裁定你是个君子,至少没有打我跟小倩的歪主意。至于你和她的那一夜嘛,我们也觉得在情理之中。"

我摇头说:"那次是真的醉了。"

阿秀笑道:"酒醉三分醒,其实大家心里都明白,酒只是借口而已。"

真的是这样么?我需要什么借口?为自己背叛如烟而找个借口?我叹了口气:"有些事,太透明了就没意思了。"

阿秀看着我,也叹了口气,说:"有时候我不明白,你跟如烟都这样了,为什么还不放手?李心哪一点比不上她?"

我摇头道："很多事，你们不会明白的，喜欢就是喜欢，不是所有的为什么都一定要有答案。"

我明白李心对我有意见的原因了，女人在感情方面总是小心眼的，作为李心来说，如烟已经够她难受了，现在又知道阿秀跟小倩都曾在我这里过夜，虽然没发生什么，但对她来说，无疑是一种压力。

但细想一下，这未尝不是好事，或许这样会使李心认为我是个花花公子而从此对我产生厌恶，不再纠缠我呢！

事情既然都这样了，我觉得自己没必要去跟李心解释什么，她爱怎么想就怎么想吧，反正等我伤好之后，她也该回深圳了。

8

出门在外的人过年，都很简单，大年初三，阿秀就回深圳去了，小倩虽然住在附近，但阿秀走了之后，也不怎么过来了。我和李心的一切又恢复了春节前的样子。

大年初七，我终于上医院拆掉了腿上的夹板，一个多月没走路，医生叮嘱我要注意运动，以免让脚伤留下后遗症什么的。

回到家里，我马上就给李心下了逐客令："我的腿伤好了，你明天就回深圳吧！"跟她在一起的时间越长，就越容易出问题，我宁可一个人继续在桃源独居。

李心对我的逐客令却丝毫不以为然："你的腿伤是好了，

但医生说你还要在家人陪同下多散步，才能完全康复。"

我知道她肯定会耍滑头的，但心里早就立定了决心，无论如何要把她赶回深圳，然后换间房子居住。我说："阿秀要出游了，人家为你牺牲了一个多月，你还是回去看店吧，免得朋友之间为难，我懂得怎么照顾自己。"

李心说："我还是想在你身边多呆几天。"

"不行，明天你就回去。"我坚决地说。

她想了一下就答应了，却又提了个要求："我后天回去，明天我再陪你去一趟庙里，你的腿伤好了，就算是帮你还神吧。"

我考虑了一下，觉得她的要求也不算过分，一个月都过来了，也不差这两天，何况我被车撞断了腿还大难不死，是应该到菩萨面前还愿的，便答应了她："行，但你后天必须回去，别忘了，我们之间也是有两年约定的！现在犯规了！"

她笑了笑，说："约定是死的，人是活的，你跟如烟不是也有两年约定吗？怎么她来你就欢迎呢？"

提起如烟，我就更希望李心快点走，这些日子，我始终都有一种提心吊胆的感觉，总害怕跟李心在一起的时候被她看见。

当天晚上，李心又钻进了我的被窝。我马上就把她推开："我的腿好了，嘿！你最好别过分！"

李心骂道："臭男人！过了河就拆桥！小气！"

生气归生气，但她还是很听话地回到自己的被窝。嘟哝着道："明天要去拜观音，今天先不跟你计较！"

我明白她的意思，一般情况下，信徒们求神拜佛之前都要沐浴静身，而且不跟异性亲热的。但拜佛之后呢？我不禁担心起来，明天晚上这家伙不知道还会不会这么听话。

第二天我很早就醒了，这一个多月以来，每天都在床上休养，精神充足得很。站在床头活动了一下筋骨，竟发现自己的腰间有了赘肉。

这让我吃惊不少，我一直都是偏瘦的身材，没想到才一个月，居然让李心给养胖了。我捏了捏肚子的肥肉，估计最少有三四斤，割下来可以吃好几餐了。遗憾的是这肉没长在手臂上，有点可惜。

今天的天气很好，居然有了春意，推开窗户，竟发现小鸟天堂里已经有不少白鹭飞回来了。老榕树也长出了新叶。春风拂在脸上，温柔得像情人的手，对着阳光做了几下深呼吸，居然还闻到了泥土的气息。

是的，冬意未尽，春风已来，一切都让人心情舒畅，希望今年有一个好的开始吧！

阳光轻柔地从窗外爬进来，落在李心的身上，我忽然发现李心的睡姿竟如此可爱，蜷曲着身子，像小绵羊一样，脸上还洋溢着浅浅的微笑，白里透红的皮肤又嫩得像个初生的婴孩。同床一个月，我是第一次留意到她的睡姿，此刻竟有一种想把她抱在怀里的冲动。

这个月她一直忙里忙外地照顾我，确实是辛苦了，看她睡得这么香，我不忍叫醒她。穿好衣服，我便轻轻地拉开门，

打算自己先到碧波湖边散散步。

刚要踏出门口，便听到李心在轻声叫唤："风！你要去哪里？"

我一惊，回头看时，却见她又睡了过去。

刚才只是她的梦呓而已，我心里有一种说不出的感觉，是感激还是感动？分不清楚，我知道李心的梦里一定有我，而我又能给她什么？

叹了口气，我轻轻地关上门，来到碧波湖边。

湖边的游人不少，今天是大年初八，很多单位还没开始正式上班，很多人都携老扶幼的前来旅游。加上天气不错，不少孩子在湖边的草地上放风筝，跑来跑去的，欢歌笑语闹成一团。

看着天上五颜六色的风筝，便想起小时候的我，那时候的商店还没有现成做好的风筝出售，我的风筝都是自己做的，只可惜我的手工差，做的风筝从来没有离地超过 5 米的记录。所以风筝带给我的快乐，一直都只停留在制作过程。之后长大了，渐渐忙于工作，就再也找不到当年的童趣了。

湖边的小商店里就有风筝出售，我信步便走了过去，挑了一只最大的买了下来。小孩子放小风筝，我是大人，要放大风筝。

拿着风筝回到草地上，把风筝迎着风抖了几下，那风筝却疲软地赖在地上不愿意起飞，我便急了，又猛扯几下，跑了几步，结果风筝离地才几米，又是一个倒栽葱趴在草地上。正恼火中，身后却传来了笑声。

李心不知什么时候已经在我的身后，笑嘻嘻地说："风筝不是这样放的。"

她今天没有穿那套牛仔服，却换了一套长裙。广东的冬天本来就不太冷，何况现在春天已经来了，春风拨弄着她的裙裾，竟让她看起来有一种飘逸如仙的感觉。

　　"那该怎么放？"我问。

　　她不说话，只是从我的手上拿过线圈，也不知道她怎么弄的，才几下，风筝便听话地离地而起，而且随着她手中线圈的牵扯越飞越高。

　　她回头笑着对我说："看到没有？这不是飞上去了？"

　　我不得不承认她放风筝确实比我高明，我讪笑道："这玩意，小孩子玩起来都比大人厉害。"

　　"别在我面前装老成了，嘿嘿！我又不是今天才认识你！"她笑着，昂着头，让风把她的秀发都飘了起来。

　　"行，你厉害。"看着她开心的样子，我心里也很舒服。

　　她一边扯着线圈，一边说："知道吗？风筝的控制，全在一根线上，有风来的时候，就要抓住时机迎风跑动，然后它就会飞起来了，飞上天之后，就完全靠线的牵扯了，什么时候该放，什么时候该扯，这里面还有学问呢！"

　　我不以为然地说："是哦！你还专门研究过？是不是还拿了放风筝专业证书？"

　　"嘿！你不用讽刺我，跟你说，我从小就爱放风筝，经验丰富得很！那时候，我的风筝都是我爸爸帮我做的。"

　　天上飘着不少风筝，就数我们这只个头最大，很耀眼的，我忍不住对她说："把线圈给我，我也要玩。"

　　她微笑着把线圈递给我："你试一下，它往下掉的时候你就扯，往上飘的时候你就放。"

　　我接过线圈，按照李心说的方法试了一下，才一会儿就

得心应手了，看着风筝在空中稳定的飘舞，心里有一种莫名其妙的兴奋，这竟是我有生以来第一次成功控制风筝。

李心看着风筝，微笑着对我说："你发现没有，风筝就跟爱情一样。"

我笑道："你又想说什么？"

"不是吗？"她说，"该放的时候放，该收的时候收，风筝才会越飞越高，如果时机选择不对，效果就完全不一样了。"

她说得好像有点道理，我笑道："或许真的是这样吧，你这么会放风筝，为什么不懂得在该放的时候放呢？"

她脸上的表情很怪，让我想起一句俗话，"拿石头砸自己的脚"。她显然是被自己的石头砸着了，被我一句话塞住，再也说不出话来。

我看她那憋气的样子就好笑："今天说好是去拜观音菩萨上香还愿的，走吧。"

第六章

大约在冬季

吃完晚饭，她拉着我的手说："明天我要回深圳了，今晚有没有什么活动？"

我说："没有！看电视，上网，睡觉！"

李心笑道："你也是个小孩子。"

我嘴巴一翘，没跟她答腔。

李心说："镇上的酒吧很不错，明天我就走了，你能不能陪我去一次？"

我摇头道："我讨厌喝酒，特别讨厌跟某种人喝酒。"

李心笑道："哦？哪种人？"

"借酒行凶的人！"

李心哈哈笑道："还不承认你是小孩子？嘿！走吧！喝酒去！"

我说："坚决不去！不上当！"

她咬了咬嘴唇，说："乖，听话吧，我答应你，你只要陪我喝酒，今天晚上我绝对不借酒行凶，绝对不碰你，绝对

不引诱你!"

我心里高兴,马上应声说:"这可是你说的呀!不许反悔!"

李心伸出尾指在我指头上勾了一下,认真地说:"我发誓!今晚绝不碰你!反悔的下辈子做猪!"

我说:"看在你照顾了我一个月的份上,今天我就陪你喝吧!但别忘了你说过的话!"

李心笑道:"走吧!啰嗦!"

相处了一个月,她明天就要走了,陪她喝一晚酒也是应该。于是两人坐上出租车来到酒吧。

才坐下,李心便问:"上次你跟阿秀是不是来这里?"

阿秀既然都把事情说了,我也没什么好隐瞒的,便点头道:"是的。"

李心说:"嗯!不错!今晚不醉无归啊!"

难得她开心,又是最后一晚,她想怎么喝就怎么喝吧,舍命陪君子,豁出去了。

酒吧的一角有个小电视,旁边还有话筒,李心把服务员招过来问:"这里能不能唱卡啦OK?"

服务员点头说:"5元唱一首。"

我说:"这么贵啊!"

李心说:"不贵不贵,我要唱歌!来!帮我点一首齐秦的《大约在冬季》。"

服务员写了点歌单送到DJ台,不一会儿,酒吧里就响起了《大约在冬季》的熟悉旋律。李心走上小舞台拿起话筒就唱:"轻轻的,我将离开你,请将眼角的泪拭去,漫漫长夜里,未来日子里,亲爱的你别为我哭泣,前方的路虽然太凄迷，请在笑容里为我祝福，虽然迎着风，虽然下着雨，我在风雨之中念着你，没有你的日子里，我会更加珍惜自己，没有我的岁月里，你要保重你自己……"

这歌原调是适合男声唱的，现在李心用女声来唱，声音就变得很沉了，而且她的唱功我实在是不敢恭维，虽然不能用五音不全来形容，但绝对是不及格的。

一曲既完，酒吧里的人都给了不少安慰的掌声，她回到座位的时候，我也虚伪地拍着掌说："不错！想不到你还会唱歌！"

她喝了一杯啤酒，说："别笑我了，我知道我唱得不好，但刚才的歌，是为你唱的！"

我当然知道她是为我唱的，这歌词仿佛就是为我们写的，明天她这一走，我的生活又会回到生日前的状况。

我想了想，便说："我也唱一首你听吧！"

李心拍掌说："好！我好久没听你唱歌了！正想让你唱呢！"

我想了一下，便点了一首《情人知己》，这是叶倩文的歌，刚才李心是女唱男调，我现在是男唱女调。

但我知道这歌还有另一个版本，就是周华健的《让我欢喜让我忧》，于是我便让 DJ 放《让我欢喜让我忧》的伴奏，而我唱的却是《情人知己》的歌词。这样在调子上就合适了。

音乐响起，我便用心地唱道："时光飘过回头又见，长夜细诉别时情，还幸友情不减半点，一声两声总也是心声，谁可想到谁能预算？其实你对我痴情，藏在暗里已多年，在这天终于要说一遍。我怎么可狠心地欺骗，但也不忍跟你绝情，我匆匆地再喝一杯，没法清醒作决定。难怪曾说出不能

成为知己的怎么可能相恋，这晚我认真听见。而我和你已经
能成为知己终可不可能相恋，我却怕未可以预见。如果可以
回头避免，也许彼此好过点，无奈看你此刻眼睛，仿佛我不
应拒绝邀请……"

我真地是很投入、很用心地去唱这首歌，李心跟我之间
的感情，仿佛都融化在这首歌里，音乐声停的时候，全场都
响起了热烈的掌声，甚至有人说"再来一首"。

我放好话筒回到座位，李心也鼓着掌，说："专业的就
是专业的，唱得真好！"她的眼圈红红的，仿佛有了泪印。

我拿起酒杯喝了一口，说："谢谢！"

有时候，我真的不知道自己对她是一种怎样的感情，从
开始在现在，我仿佛都在迷惑中，如果不是我先爱上了如烟，
我想我会毫不犹豫地把她拥入怀中，但事实永远都是那么残
酷的，我根本不知道自己这样跟她交往是在害她还是在害自
己。但有一点，我是知道的，无论今后如何，我们都不会忘
记对方。

2

事情的发展，在我的意料之中，从酒吧出来的时候，两
个人又喝多了。

她的头发已经被夜风打乱，散落在肩膀上，有一种凌乱
的美，让我不敢逼视。

酒醉三分醒，我虽然喝多了，却没有烂醉，意识还是清

楚的，我说："睡觉吧，我头晕，先睡了。"

她忽然妩媚地一笑，舌头在唇上慢慢的舔了一圈，柔声道："你觉得我现在会让你睡觉吗？"

我马上说："睡觉吧！别忘记了，出门前你还发过誓的！说今晚绝对不引诱我！你是不是想下辈子变猪？"

她看着我，忽然娇笑道："你才是猪呢！你是只笨猪！"

她把鞋子从脚上踢飞，慢慢地向我走来。我说："干什么？干什么？你发了誓的！"

话音没落，她已经把我扑倒在床上，熟练地吻着我的耳朵说："我是发誓了，但你看现在几点了？猪！过了12点就是第二天了，哈哈！现在已经不是发誓的今天了，是明天……"

她的话有点语无伦次，让我有一种上当的感觉，什么今天明天的，我分不清楚，但我很清楚的是，她的身子很火热，她的吻也很滚烫。

她咬着我的耳朵，小声说："我早就跟你说过，等你伤好之后，让你见识什么叫真正的妖女！"她忽然又站起来，在我面前转了圈，说，"知道我为什么要亮灯吗？"

我茫然地摇头，我的思想很混乱，我不知道自己在想什么。

"我是要你看得清清楚楚，让你把我的身影烙进脑海！"她温柔地说着，然后轻轻地扭动着身体，她的身材很好，特别是她的腰，纤细得让人心跳，她的腰在她轻缓的扭动下散发出无比的魅力，我瞠目结舌的看着她，已经不懂得说话。

她慢慢地扭动着她那迷人的小蛮腰，双手缓缓在自己的身上游动，从脸庞、脖子、胸脯一直划到腰间，叉着腰轻扭

几下之后，双手便顺着腰划到小腹，她轻轻地提起大腿，双手便抓住了裙裾，再一转身的时候，她雪白的大腿就已经完全裸露在我面前。

她的大腿修长而浑圆，双腿合并着，竟没有一丝缝隙，堪称完美。

我的呼吸几乎已经停顿了，嘴巴里咸咸的，也不知道是眼泪还是鼻血，我舔了一下舌头，艰难地说："不……要这样……"

"你是说'不！要这样？'还是在说'不要这样？'"李心浅笑着，眼里带着一种摄魂的诱惑，她的裙子已经离开了她的身体，只剩下上身的衣服，衣服很长，一直盖到她的臀部，但举手透足间，又若隐若现的让我看到她粉红色的内裤。

我不由自主地咽了咽口水，用力地闭上了眼睛。

"与其闭上眼睛幻想，还不如睁开眼睛欣赏？"她的声音离我越来越近。

我挣扎着说："放了我吧……我……我……我爱如烟……"

"啪"！她一巴掌打在我脸上，然后又柔声说："不管昨天怎么样，也不管明天怎么样，但是，今天你要是敢再提如烟，我就杀了你。"

我摸着火辣辣生疼的脸，听着她温柔的话语，看着她喷火的身材，竟一句话也说不出来。

她轻轻伏在我的胸膛上："你说那天晚上你喝醉了，今天呢？你喝醉了吗？"

我摇了摇头，我虽然喝了不少，虽然头晕，但还没醉。

"那就最好了，我倒担心你醉了呢。"她说着，伸手熄了灯，温柔地说："不要再压抑自己了，我知道，你已经快爆炸了。"

如烟的倩影飘过我的脑海，但很快又走得很远，我叹了口气，狠声道："这是你自找的。"

李心没有再说话，她用吻代替了所有的语言。

李心走的时候，我没去送她。我历来都讨厌送人，所谓送君千里终须一别，送与不送都是表面形式。我出门的时候，也从来不要别人送我，因为我讨厌离别。

她走的时候，没流眼泪，但也没说什么话，醒来的时候，她只是默默地穿好衣服，然后说了一声"谢谢你"，就开始收拾行李了。

整个过程我都在看着，她一件一件的，慢慢地把属于她的衣服叠好，放进旅行包里，然后拉上拉练，穿上鞋子，走到我身边在我的额头上亲了一下说："亲爱的，我走了。"

我知道她心里的难受，但这就是现实，她必须回去，深圳还有店子等着她经营，而我也不是她最后的港湾。

尽管是我催李心回去的，但她走了，我多少还是有一点失落，这一个月来，我已习惯了跟她一起生活，而从今天开始，我又将一个人生活了。她关门的刹那，我竟忍不住擦了一下眼角的泪痕，不知道怎么回事，我近来变得多愁善感了。

　　或许生活就是这样吧！得到的和想得到的，永远有着很大的距离。

　　我在心里说："李心，对不起了！祝你一路顺风。"

　　她走了之后，我忽然感觉到这房间的宁静，这是在以前没有感觉到的，在李心来之前，我也是一个人住在这房间，但却从来没有现在的寂寞感觉。

　　我忽然想逃，想离开这里！

　　关上门，我走出碧波湖，游人还是很多，听着游人们欢笑的声音，我忽然又觉得自己的可怜，我是什么？是一个躲在天堂一角窥视别人快乐的乞丐而已！

　　碧波湖的湖水荡漾着，风吹皱了一池的春水，倒影中，小鸟天堂已经恢复了生机，才两天时间，榕树上的白鹭又多了许多。

　　到小店里买了些香火蜡烛，在碧波湖边遥祭了李欣之后，我又坐在湖边发呆了，除了发呆，我忽然间不知道自己可以做什么！

　　远处，还有几个小孩子在放风筝，风筝飞到天上，我看不到那小小的线，但我知道，那根线依然还在的。忽然我又想起了李心的话："风筝跟爱情是一样的，要懂得什么时候该收，什么时候该放。"

　　是这样吗？那什么时候才该放？李心呢？她打算什么时候才放？而我又能放吗？我能放得下如烟？

　　不能！

　　如烟跟我同居五年，已经没有任何人可以代替她，尽管中途我们有了一些矛盾，但我相信，现在的她，已经全心放在我身上了，我们需要的只是时间而已。一切都由时间来证明，而她也需要时间去说服她的家人来接受我。

忽然想到风筝跟爱情之间的相似，我便想起那根连在风筝上的线，我觉得每个人都是一只风筝，但无论他怎么飞，都会有一根线紧紧地牵着他，就如我，无论飞得多远，线却始终在如烟手上，这就是一条感情线。

而李心呢？她的线又在什么地方？

我忽然觉得一切都很混乱，昨天晚上我是一错再错，这算什么？

但这好像也不能怪我，只要是男人，正常男人，就不可能在那种情况下抵抗李心的诱惑，但李心要的是什么？她真的能如她说的那样？不要昨天，不要明天，只要现在？她真的能无悔？

那昨天她又跟老和尚说了什么？或者是老和尚跟她说了什么？

真不懂爱情是什么东西。我发现自己越来越佩服阿秀了，或许只有像她那样的无情人，才会得到真正的快乐！

回到房间，打开电脑，QQ上竟一个在线的朋友都没有，只有一条小倩的留言："今天周浩回来了，我很开心！"

看留言时间，原来是昨天的，昨天我跟李心上香去了，一直没开电脑，所以到现在才收到小倩的信息。看到她的留言，我也很替她开心，我也替自己开心。屈指算来，我跟阿秀的赌约时间，刚好就是昨天到期的！我赢了！

我给小倩留言道："坚持就是胜利！有困难继续找我。"

然后我拨通了阿秀的电话。

电话响了几声，她才接，说："臭男人，有什么事？"

我得意地说："臭女人！记得我们的赌注吗？今天到期！

我赢了！周浩昨天回来了！哈哈！"

阿秀听了一愣，然后说："赢了就赢了呗！瞧你那得意样！哼！愿赌服输，说吧！要我做什么？"

我想了想，说："现在还没想到，反正你有两天时间是必须完全听我的！嘿！让你先欠着，什么时候想到了，再找你兑现。"

阿秀干脆利落地说："行，你什么时候想到了，就什么时候跟我说，我保证绝不食言。"

阿秀说话做事就是干脆！我说："李心今天回去了，看见了吗？"

阿秀说："刚到家，就在我旁边呢！要不要跟她说话。"

我犹豫了一下，心想阿秀说话这么大声，李心肯定能听出是我打过去的电话，就说："也好，你叫她听电话吧！"

李心接过电话就说："没什么事了！我到家了！"

我说："那就好，别想太多了，好好工作！赚钱才是最重要的！"

李心说："我知道怎么做的，就这样了，你跟阿秀聊吧。"

感觉李心说话的语气有点奇怪，但又说不出有什么不对劲的地方，我想或许是她刚下车累了，所以不想多说话吧。

阿秀接过电话问："你打电话来除了报告战果之外还有没有什么别的事？"

我说："没有了！不过李心的心情可能不好，这两天你多陪陪她。"

阿秀说："我知道了。"

跟阿秀通完电话，想起了如烟，便想给她打个电话，但只按了几个号码，便取消了这个念头，这时候她应该还在做生意，不该去打扰她。

好久没写小说了，生日那天阿秀说我的那本《爱到深处是心疼》已经有出版商买了，估计春节过后就会开始运作出版了吧？

我忽然有了一个想法，就是把我跟李心、如烟、阿秀在深圳的故事写下来，题目叫什么好呢？

想来想去，我决定用《癞蛤蟆日记》这名字，因为在我看来，如烟就是一只美丽的天鹅，而我，就是一只等待天鹅的癞蛤蟆。

我又想到了李心，在如烟面前我是癞蛤蟆，那李心呢？她是什么？

不知不觉中，天色就暗了下来，一种无奈的寂寞忽然又开始侵蚀我的心灵。

4

一连几天，我哪里也没去，只是在房间里构思小说的结构。在网上碰到小情，得知周浩还没有找到工作，我担心之余又是对她安慰了一番。

有些事，是急不来的，现在刚过年不久，回家过年的打工仔都陆续回来了，找工作更不容易，以周浩的条件，确实是高不成低不就。

小情的另一个消息也让我担心，虽然周浩跟他老婆约定

的两个月时间已经到了，但他们还是没有签离婚协议，我便提醒小倩，如果周浩真的想跟她在一起，还是及早让他跟前妻签字离婚，免得又有什么节外生枝的事。

小倩的回答很模糊：他要是真想离婚，迟早会签协议的，现在因为工作的事，大家心情都不好，我不想再给他压力。

我看了她的信息，也说不上是什么感觉，但总觉得他们这样下去不是好事，到头来吃亏的很可能会是小倩。

阿秀打电话来的时候，也关心地问了一下小倩的情况，我都如实告诉她了，她对小倩的软弱很不以为然，她认为小倩该直接跟周浩分手，然后跟她去周游。

阿秀跟小倩可谓是一见如故了，才短短的几天接触，竟有这么深厚的感情，女人之间的友谊，有时候让我觉得很不可思议。我在电话里对阿秀说："这是人家的家事！我们毕竟是外人，只能在人家困难的时候拉一把，但不该左右人家的决定。"

阿秀说："我这是在救她！以小倩这样的条件，哪里找不到好男人？要吊死在这没出息的周浩身上？"

我笑道："别这么说，人家原来可是厂长呢！"

"什么屁厂长！还不是靠吃软饭混上的？"

我说："但人家肯离婚跟小倩在一起，终究也是个真心！不要这样说好吗？"

"真心？真心就不会跟老婆离婚了！哼！对情妇真心，对老婆就不用真心了？何况现在还没离呢！"阿秀始终还是坚持自己的意见。

我说："那你老是想把小倩拖出去陪你周游，到底在打什么主意？"

"没什么主意，一个人出来，闷了！看到小倩这么可爱，又这么可怜，就想带上她！"

我笑道："你才可怜！人家有爱情滋润，你还没有呢！"

阿秀"啪"的一声就挂了电话。

李心回深圳之后，也没主动打过电话给我，阿秀挂电话挂得这么快，我还没来得及问李心的情况呢！本想再拨一下阿秀电话问问李心情况的，但她刚才没等我把话说完就挂电话，我想她肯定被我气倒了，不见得会再接我电话，干脆便打消了这个念头。想来现在影碟店也恢复了正常营业吧，李心估计在忙着做生意呢。

我总感觉自己有欠李心，总没有给她感情，在她面前，我说话始终都没什么底气，想来想去，就连电话也懒得打了。

而如烟自从大年三十来过电话之后，就再也没跟我通过电话了，也不知道她在想什么，同居五年，有时候我真的发现自己对她并不了解，我完全把握不到她的思想。圣诞节那夜的重逢，她似乎又开始坚守那个两年的约定！

想起圣诞夜，我不禁又在期盼如烟下一次带给我的惊喜！不知道她要到什么时候才会又经受不住思念的煎熬而跑过来找我呢？想到如烟的温柔，我又想起李心的火热。

我实在太喜欢这间房子了，每天早上推开窗户的时候，

都能看到新鲜的太阳，而日落的时候又能从倒影中欣赏到碧波湖的残阳。

这几天的感觉很好，灵感源源不绝，《癞蛤蟆日记》的写作进度比我预期的还要快很多。这样下去，我想我完全有希望成为专业作家。

今天的傍晚也很美，从窗户看出去，碧波湖的美景尽收眼底，我一直都认为这里的傍晚比早晨更美丽，早晨的阳光虽然新鲜，但傍晚的彩云，却更容易使人陶醉。

一群群白鹭在小鸟天堂的榕树上盘旋追逐，自得其乐地玩耍，远处的桃源庙，在树丛后露出雄伟的飞檐，晚钟透过炊烟，一声一声，清脆地传入耳膜，更显出周围的恬静。

夕阳把一切都染成了金黄，风过的时候，湖面上便泛起了一阵红涟，仿佛金粉撒在上面，闪着金光，确实让人赏心悦目。

湖边的游人，三五成群踩着晚霞踏上了归路，脸上多是喜悦的表情。

当人群渐渐散去的时候，我忽然发现了一个熟悉的背影。

一身的连衣红裙，仿佛一个临风而立的雕塑般，跟晚霞融成了一体。我知道那是谁！小倩！

她就站在湖边，仿佛很安静，就这样站着，微风拂着她的头发，轻扬着她的衣裙。使她的背影看起来又是那么的娇弱。

我从来没有见过她穿这套裙子，红得这么耀眼。

我笑了笑，可惜阿秀不在，不然把这少女、夕阳一体的美景拍下来，又是一张好照片。

残阳如染，风景如画，小倩就如站在画中，我想了一下，决定不去打扰她，女孩子如果在需要安静的时候，是很反感别人打扰的。

看了一会儿风景，泡了个快餐面填饱肚子之后，我便又在电脑前继续我的《癞蛤蟆日记》。花两个小时写了1000多字，伸了个懒腰，忽然想起傍晚时看到的小情，便下意识的向窗外看去。

夜幕早就降临了，没有月亮的时候，碧波湖上的夜色并不美，漆黑的一片，根本看不清什么状况，湖边的路灯昏暗得像萤火虫，完全是装饰用的，但我还是透过一点微光看到了湖边的黑影。就在傍晚时小情站的那个位置上。

我心里便有点担心了！小情站在那里几个小时了，就算真的不累，是不是也该回家休息了？难道真的想搞行为艺术，扮演雕塑？

我想了一下，便拉开了门，无论如何，小情都是我朋友，该关心的时候，还是应该去关心的。

顺着小路走到湖边，我慢慢地靠近，试着叫了一声："小情，是你吗？"

湖边黑魆魆的，傍晚时小情那鲜艳的红裙子在黑暗中一点也看不出颜色来。我叫了一声，见她没反应，又走近了两步，再次轻声叫道："小情！"

这次，前面的人有了反应，转身看着我，夜色中，果然就是小情！

我看不到她的眼神，却听到了她的声音："你来做什么？"

我一愣，没想到她会说出这句话来。只好微笑道："我见你在这站这么久了，还以为你有什么事呢，所以就来看看。

你没什么吧?"

小倩没再理我,又开始对着湖边发呆。我站在那里,也不知道该不该走到她身边,我是看出她有点不对路,但又不知道究竟是出了什么问题。

"晚上湖边风大,你还是回家吧!"我说。

过了大概有一分钟,小倩才黯然说: "我没有家。"

"什么?"我被她突如其来的回答吓了一跳。

"我没有家!"小倩说,声音比刚才稍微响亮了一点。

"怎么回事?"我问。我知道她有家,就算是临时租的房子,也算是个家!

"他走了!"小倩的声音忽然就带着哽咽, "没有了他的家,怎么能算是家?"

没想到周浩还是走了!虽然对我来说,这并不算太大的意外,毕竟他的压力太大了,就算不论金钱地位,光是母亲寻死觅活的,也够他受了。

我安慰道: "随缘吧!没有了他的日子,或许你会更开心呢!先回家再说吧!"

我说着便去拉她,却被她一把甩开了,她带着哭腔大声叫道: "我说了,我没有家!"

她的声音,我估计整个桃源都听得见,她在悲伤之中,我不忍再说什么,只能再次伸手去拉她,她又是一把将我甩开: "别拉我!我喜欢在这里站着。"

我说: "你在这里已经站很久了,还打算站到什么时候?"

小倩又不说话了,我只好在一旁站着,拉她也不是,不拉也不是,我开始后悔自己为什么要跑出来找她,早知道这样,还不如干脆早点睡觉,眼不见为干净,免得在这里陪她站着受累。

小倩像个雕像似的站着，嘴巴忽然又喃喃地说："你知道吗？"

我马上问："什么？大声点，我听不清楚。"

小倩没理我，只是继续喃喃道："人家说，穿着红衣服在零时死去的人，能变成最厉害的鬼。"

我马上就想起她今天穿的是红裙子！

我连忙说："你别犯傻，那是小说里写出来骗人的！"

小倩忽然凄笑道："我相信！真的相信！现在也差不多到零时了吧？"

我被她的话吓倒了！再也顾不了那么多，一手抓住她的手臂，说："跟我回去！"

小倩的手被我用力地抓住，马上就开始挣扎："放开我！你干什么？放开我呀！"

我不管她，只是用力地把她抓住："起初还以为你来欣赏风景，没想到你这么没出息，居然要来寻死！跟我回去！"

小倩哭出声来，一边用力地想挣脱我的手掌，一边叫道："他走了！他走了！"

我骂道："你是不是疯了？他走了你就要寻死？你以为你跳下去会是什么？一具浮尸而已！你死了，谁可怜你？没脑的家伙！"

我们站得离湖边太近了，两个人这样较劲，随时会有掉下去的危险，我是不会游泳的人，她要寻死搞不好连累我也掉进湖里，那才是真的冤枉！

我知道她的难受，也理解她的难受，她受了这么多委屈，甚至被周浩老婆追打也在所不惜，目的就是想跟周浩有个结

果。而周浩如果一直都没有说要跟老婆离婚，一直都没有给她所期望的结果，哪能不难受呢？问题是周浩竟了她承诺，而且还真的来陪了她一段日子，现在这种得而复失的感觉，就像从天堂忽然间掉到地狱一样。这种打击是巨大的，并非一般人可以接受。

我怕一不小心被她甩到湖里，就只能拼命地把她往草地上扯，她虽然没有我的力气大，但那股发疯的蛮劲却非同小可，她挣扎着，我几乎拉不动她。

刚才我没出现之前，她只是像个雕塑一样站着而已，没想到现在就像个疯妇一样，奋不顾身地想往湖里跳去。我实在没办法了，只好说："你再不回来，我就一巴掌打晕你再扛你回去！"

她好像也已经下定了决心了，挣扎着哭道："你别管我了！求你！别管我了！你再不放手，我就大叫强奸！"

我还是不放手，大声说："你叫啊！叫多些人来，好一起把你拉回来！"

她听了，便不再叫了，也不挣扎，流着泪说："你能拉我一天，还能拉我第二天？"

我听了一愣，她说的确实是个问题。

她趁我分神，忽然发力挣脱了我的手，转身便往湖里跳去。我冷不防被她挣脱了，大惊之下，想也没想就向她扑去。

她半个身子已经扑出了湖面，我的手刚好赶到，及时地一把抓住她的手，也不知道哪里来的力气，单手就把她给拖了回来。

不知道是哪个混蛋说的，力量是相对的，好像是出自什么什么论的，现在证明这物理知识真的很正确，我用力把她扯回来的同时，我自己的重心已经在往湖中冲去。而她的裙子是长裙，两人拉扯之下，只听"刺啦"一声，我的脚踩在她的裙子上，她的大半幅裙子应声而裂，我就站在湖边，脚下被她的裙子一绊，再也控制不住身子的平衡，往湖中掉下去。

6

我吓出了一身冷汗，大叫一声，急中生智地抓紧小倩的手臂，猛一借力，好险地站稳在湖边。惊魂未定，小倩却又想往湖中扑去！

我这次是真的由惊而怒了！发起狠劲一手把她扯回来，直把她摔在草地上，叫道："你是不是很想死？是不是还想把我也连累死？你知不知道？我是个旱鸭子，刚才差一点就被你害死了！"

小倩被我摔在地上，也不站起来，只是哭道："我真的不想活了，做人好累呀！你别管我了好不好！"

真是拿她没办法，她现在好像已经没有理智了，或许吧，周浩的离开，把她整个灵魂都抽空了。

看着她那样子，我是觉得又可怜又可气，我说："你就算要死，也应该先把欠我的还给我再死吧？"

小倩一愣："什么？"

我咬牙狠心道："你还借了我 2000 元，你还没有把钱还给我就想死，可没那么容易！"

　　我不是在乎那点钱，当初借给她的时候，就没想过要她还，但我知道她现在是没钱的，我这样说，只是想先止住她寻死的念头罢了。

　　我的话，果然起了作用，小倩忽然就不说话了。

　　我以为她是回心转意了，便去拉她的手，说："不要想太多了，先回去再说吧，万事都有解决的办法。"

　　谁知道小倩忽然站起来盯着我，黑暗中，眼泪闪着凄凉的光芒。

　　我吓了一跳："干什么？"

　　她忽然用力地把自己身上那已经被我不小心撕破的裙子扯开，大声说："我是借了你的钱！但我现在没有能力还给你，人就有一个，你觉得我还值几个钱，今天就卖给你了！算是还债！"

　　幸好在黑暗中，我看不到她的身材，但她的话，还是让我心跳加速了许多。没想到她竟是这样误会我的意思，女人真是不可理喻。

　　我吼道："披好你的衣服！我不要你还债了！我只要你跟我回去，好好地活着！知道吗？你要笑到最后，让别人觉得失去你是一种错误！"

　　小倩放声大笑，像哭一样难听，让我在黑暗中有一种毛骨悚然的感觉，她狂笑着说："活着本身就是一种错误！"

　　我再也忍不住了，"啪"的一巴掌就照她脸上刮去："你真混蛋！"

　　我是怒极出手，小倩被我一巴掌打得几乎晕了过去，一踉跄倒在地上，哭声又凄凉起来。我摸摸自己的手掌，知道自己太用力了，心里马上又有了内疚。

我蹲在她身旁，小声地说："对不起了，来，跟我回去吧。"

小倩把头扭过一边，没再理我。

我的蛮性也出来了，也不管她答不答应，一手将她从地上横抱起来，转身就往家里走去。

小倩在我的怀里挣扎着，抓我的脸，我也没理她，任她胡作非为我就是不放开她。一直把她抱离湖边有20多米，估计是在我能控制的安全范围了，我才把她放下来。

小倩一路挣扎，像小孩子一样又踢又抓，但终于还是被我硬生生地拖回了房间。我一手把她丢在床上，锁上了门，说："现在你可以想哭就哭，想叫就叫了！"

小倩倒在床上，之前被我不小心踩裂的裙子凌乱地挂在身上，一副春光乍泄的样子，她也不顾自己的身子，只是不停地哭。

我从自己的衣服里找了一件长袖的衬衣丢给她："李心走了，我这就只有男装，先穿上我的。"

小倩也不理我，也不穿我的衣服，还是一个劲地哭，哭得我心烦，我干脆走出客厅，把她反锁在里面。

真想不明白！还有做人家二奶要借钱养家还想投湖自杀的！小倩到底是没脑筋还是太好欺负了？

坐在沙发上抽了两根烟，听着房间里竟没了动静，我连忙打开房门，只见小倩两眼发直面无表情地坐在床上发呆。眼里的泪水顺着脸庞滴在脖子上，也不知道去擦一下。

我不禁又是一声叹息，她要是一直这样，就算不死，也可以进疯人院了！真不明白，她到底是怎么想的，为一个离她而去的别人的老公，值得吗？

我想了一下，又走回客厅，拿出手机拨了阿秀的电话号码。

现在这情况，最好的救兵就是阿秀，谁知道阿秀竟关机了！

我在心里咒骂了一声，无奈地把手机丢在沙发上，心里盘算着该怎么去平复小倩的情绪。想要打个电话让李心来做救兵，想想还是算了，以李心的办事方式，只会使事情变得更糟糕。

过了一会，只见小倩从房间里走出来，我连忙迎上去说："不许出去！"

她呆呆地看了我一眼，说："洗手间。"

我说："去洗个脸吧，每个人都有难受的时候，过了就好了。"

她摇了摇头，也不说话，径直走进了洗手间锁上了门。

7

我坐在客厅抽烟，忽然醒悟，小倩进洗手间已经有 10 多分钟了，怎么没了动静？我心里紧张，马上就跑到洗手间敲门叫道："小倩！小倩！"

里面没有声音。

我又叫了两声，还是没有回应，我担心她出事，也不顾上那么多了，直接用力地撞门冲了进去。

只见浴缸的水已经放满了，小倩一丝不挂地躺在浴缸里，我的洗脸盆倒扣在她的脸上，而她的整张脸都潜在浴缸底下被水淹过了，我大吃一惊，也无暇欣赏她那美妙绝伦的裸体，伸手把她从水里捞起来冲回房间，湿漉漉地就把她放在床上。

摸摸她的鼻息，还有微弱的呼吸。我的心稍微定了一点，也顾不上避嫌，把我的枕头垫在她的后腰上，然后就抓住她的双手运动起来，一边叫着她的名字。

这小倩真是混蛋，在浴缸里也能把自己淹死，我心里咒骂着，又是给她做扩胸运动，又是挤压她的肚子，水不停地从她的嘴里喷出来，把我整张床弄得像水床一样。

弄了将近五分钟，她才重重的咳了一声，呼出一口气来，但马上又紧闭双目晕了过去，我看不对路，马上就捏住她的鼻子，嘴对嘴的帮她做起了人工呼吸。

又过了约 10 多分钟，她缓缓地醒来，张开眼睛，伸手就给了我一巴掌。

我知道她是误会了，我不是想占她便宜，救人要紧，顾不得太多。我之前打过她一巴掌，现在她还我一巴掌，算是扯平吧。

床上都是水，被单湿漉漉的，我怕她着凉，便把她横抱出客厅放在沙发上。又从衣柜里拿出几件冬天的大衣给她披上。然后才跟她说："就算你真的要死，也别害我呀！你赤身裸体地死在这里，我很可能要坐牢的。"

小倩看了我一眼，没说话。

我又说："刚才是为了救你才做人工呼吸的。"

她瞪了我一眼，还是没说话。

我来气了："我有女朋友！"

她还是瞪着我不说话。

我无奈地在她身边坐下，恳求道："算我求你了，不要再这样了好吗？"

我点燃了一根烟，塞到她手上。她接过了，放在嘴边猛吸了几口，一口气呛住了，连咳了几声，嘴巴里又溅出不少水来。

我忍不住笑道："自杀是不是很过瘾？刚才如果我不救你，你就真的淹死了。死过了一回，什么感觉？"

小倩还是没理我，只是默默地抽着烟。我的衣服简单地披在她的裸体上，根本挡不住她的春光，我到浴室拿了一条干毛巾出来丢给她："把身上的水擦干吧，免得着凉。"

她看了我一眼，也不说话，就在我面前轻拭着身子。她的身体，刚才我在救她的时候已经浏览过了，但没什么感觉，说真的，经历了李心之后，我感觉女人脱光了衣服好像都差不多。

她擦干了身子，又把我的衣服披在身上。我说："你这样披着衣服，也很容易着凉的，还是穿上吧。"

她又看了我一眼，还是不说话，但却顺从地把衣服穿上了，尽管她还在悲伤中，但丝毫不影响她穿衣时的美态。只是我的衣服穿在她身上都很宽松，看起来有点滑稽。

一根烟抽完了，她又接了一根。

她默默地抽烟，我便默默地陪着她。

电话铃忽然响了，来电显示是阿秀的电话号码，我像碰到救星般马上就按了接听键。

阿秀还是那个爽朗的声音："刚才在充电，开机才发现你给我打过电话，说吧，什么事？"

我好奇道："你关了机也知道我曾打电话给你？"

"猪！这是来电提醒业务啊！你不知道？你打来的时候，如果我在关机状态，再开机的时候，秘书台就会有信息发来，显示你来电的时间和电话号码！"感觉阿秀是在为电信公司做广告。

"现在的手机业务这么发达了？这我倒不知道。"我说。

"别废话了，说吧，打电话给我有什么事？是不是想我了？"

"呵呵！是的！想你了！"我说。

"你才不会有心思来想我呢！"

"聪明，不过，这次是真的想你了！"我说，"想你欠我的那两天赌债！"

"哈哈！"阿秀笑道，"那两天要等以后还了，你知道我现在在哪里？"

"不知道，你说吧！"

"四川峨眉山！"阿秀说。

她竟游到四川去了，但这次我是无论如何也要她帮忙了，我说："不管你现在在哪里！愿赌服输，现在我就给你两天时间，你必须在两天内来到我这里！这两天就算是你履行了诺言！"

"来了就行了？"阿秀问。

"是的！你在路上顶多就两天，四川到这里的火车是两天一夜！我就罚你这两天一夜在火车上度过！"我说。

"到底什么事？这么急着想见我。"阿秀奇怪的问。

"救命！"我说。

"救命？救谁的命？不懂！"

"救小倩的命！"我说，"她想自杀！我一个晚上救了她

两次，几乎连我也掉湖里淹死！"

阿秀说："真的假的？不是开玩笑吧？"

我没好气地说："我像在开玩笑？"

阿秀只考虑了三秒就说："今晚你无论如何看着她！我不坐火车了，明天早班飞机回来。"

挂了电话，只见一直在听我打电话的小倩眼眶里又有了泪水。

我把纸巾递给她："最迟明天中午，阿秀就会来到这里，周浩走了没关系，至少你还有我们。"

小倩拿着纸巾，身子斜靠在我的肩膀上，流着眼泪说："为什么好男人都是别人的！"

我知道，她说出这样的话来，至少暂时不会再寻死了。

我长长地嘘了一口气，点燃了香烟。

8

这一晚，我就这样一直陪着小倩在沙发上坐到天亮。

我不忍再问她周浩离开的具体经过，因为怕她的情绪再有什么波动，她默默地抽烟，我就默默地陪着，一直到天亮，小倩除了一两声叹气之外，就没再说什么话了。

快天亮的时候，她终于困倦地闭上了眼睛，就这样靠在我的肩膀上睡了过去，我一直等到她真的睡着了，呼吸均匀了，才敢靠在沙发上入睡。但我的一只手还是抱着她的肩膀，以防她又偷偷地跑去做傻事。

中午，才 11 点钟，敲门声就把我吵醒了，打开门，阿秀风尘仆仆地站在门外。看到阿秀，我一直吊着的心终于放了下来。

我把食指竖在嘴边对阿秀做了个禁声的手势，指了指还靠在沙发上休息的小情，便和阿秀轻轻地走进房间，并关上门。我小声地把昨晚发生的事大致告诉了阿秀。阿秀听完之后，看了看还没干透的床单，摇了摇头说："难为你了。"

我说："我几乎连命都没了，那时候如果不小心被她拖下碧波湖，今天的电视新闻绝对是'神秘人碧湖浮尸，痴情女紧随其后'，搞不好人家还以为我跟她殉情呢！"

阿秀眨着眼道："乘人之危了吧。"

我摇头说："我对天发誓，没有！救她的时候，是因为需要，所以在她胸口和肚子上压了几下，做了几分钟人工呼吸，但我绝对没有非分之想！"

阿秀说："你给人家做人工呼吸？还不算借机吃人家豆腐？"

我摇头说："我不做人工呼吸，怕她就这样挂在这里，我找谁解释？找谁哭去？"

正说着，客厅里的小情有了动静，我们连忙住嘴走出来。

小情已经醒了，看到阿秀，眼泪马上又流了出来。阿秀在她身边坐下，把她的头抱在怀里，说："傻瓜！哭吧！哭完就好了！"

阿秀一边说，一边对我使了个眼色。我便知趣地开门走了出去。在这种时候，女人之间的沟通，男人在场是多余的，有阿秀在，我可以放心了！

走出碧波湖，我来到昨晚跟小情纠缠的地方，居然还能

看到有小块红色的碎布，显然就是从小倩裙子上被我踩下来的。

当时的情景，现在想起来还后怕，我决定今年夏天去学游泳。

昨晚没睡好，眼睛困极了，想了一下，便叫了辆出租车到镇上买了床单回来。到家的时候，阿秀搂着小倩还在沙发上说话，见我回来，阿秀便瞪了我一眼。

我指了指床单，又指了指房间，然后就走进房间关上房门。

女人的伤心，我算是见识了，她们真的可以为感情丧失理智不顾一切后果的。如果昨晚不是我，换成是周浩在的话，我想小倩会直接把他推下水去。由此我又想到了李心，当日李心看到如烟和我在床上的时候，也曾穿着睡衣跑上天台，几乎做了倩女幽魂。

把湿床单换下来之后，我伸了个懒腰躺在床上，再也懒得管客厅的两个女人，这个时候，睡觉才是最实在的。

傍晚时分，阿秀敲着门大喊道："男人！出来！"

我擦着眼睛打开了门："干吗？"

阿秀说："饿了，你去弄吃的回来。"

我看了看小倩，她还是在沙发上发呆，便点头问："你们想吃什么？"

阿秀说："随便吧，反正有什么好吃的弄回来就是！"然后她又在我耳边小声说，"顺便带几瓶啤酒回来。"

我有点奇怪："干吗？"

阿秀小声说："要么把她灌醉，要么就用酒瓶把她敲晕。"

我窃笑道："你也烦了？"

阿秀说："别啰嗦了！去吧！我真的饿了！快点回来！"

原来啤酒还有这个用处！不但酒能喝，酒瓶还可以利用。

我跑到餐厅打包了几个菜，然后提着半打大瓶装啤酒回来。阿秀正在为小倩抹脸，感觉小倩就像个木偶似的，任由阿秀摆布着，也不怎么说话。

我把酒菜摆开，叫道："别心烦了！都喝酒吧！"

还好，小倩没让我们喂她吃饭，还懂得自己拿筷子吃菜，我跟阿秀对望一眼，心想不管多伤心的事，只要肯吃饭喝酒就会没事了。

小倩喝酒不用杯子，直接把酒瓶对着嘴吹喇叭，我看了更高兴，喝吧！喝醉了再好好睡一觉就没事了！

阿秀叫道："小倩你别喝这么急，小心呛了！"

话音没落，小倩就真的呛着了，捂着胸口连咳了好多声，眼泪都咳出来了，她把酒瓶一放，委屈地说："连啤酒都欺负我！"

她终于说话了！我马上接口道："没有人欺负你，这世界，只有你能欺负自己！过了自己这关，就没事了。"

阿秀白了我一眼说："多嘴！吃你的饭吧！"

我觉得我说得很有道理呀！确实就是这样，人生在世，只有迈不出自己的门槛，没有过不去的桥。但阿秀让我闭嘴，

我就只好闭嘴了。现在我是最需要她的时候，万一她生气走了，我真的不知道该怎么安慰小倩。

小倩一连灌了两大瓶啤酒，脸色红润，终于开始有点像个人了。她把啤酒瓶用力地顿在桌子上，说："我想通了！"

她这话一出，我跟阿秀都打心里高兴，我说："想通了就好！吃饱了再说吧！世上又不是只有他一个男人！"

小倩说："我不该自杀！太笨了！"

阿秀说："就是！干吗要自杀呢！来，不说伤心事了，喝酒！"

阿秀就是想把小倩灌醉，好让她重新振作起来。

小倩摇头道："我该杀了他！然后逃之夭夭！"

我吓了一跳，看她样子说得挺认真的，不像是开玩笑，我连忙看了阿秀一眼。

阿秀说："你他妈真是傻瓜，你杀了他，你也要坐牢！为这样的人，值得吗？"

小倩又开了一瓶啤酒，一口气往肚子里灌了半瓶，才说："为什么？为什么？"

阿秀问："什么为什么？"

小倩狠声道："为什么好男人都是别人的老公？"

阿秀骂道："到现在你还觉得他好？你这个白痴！"

小倩又喝了一口酒，说："他是混蛋，也是别人老公，但为什么好男人都是别人老公？"

阿秀说："胡说八道！"

小倩说："喝酒！"又灌了半瓶，我知道小倩的酒量，这样喝酒，估计她很快就要醉倒了。

果然，没一会儿，小倩说话就开始不清楚了，手拿着啤酒瓶，对着桌子上的酒菜喘气。我笑道："还能不能喝？不能喝就先休息一会儿吧！"

小倩眼睛一瞪："谁说我不能喝？"说完又开始把啤酒往嘴里灌。我和阿秀都没拦她，现在喝醉酒对小倩来说是件好事！

小倩把手里的啤酒喝完，又骂道："为什么好男人都是别人老公！"

我跟阿秀都没说话，反正小倩快要醉倒了，她只不过是想发泄心中的不满而已，爱说什么就让她说，等她醉倒了就天下太平了。

小倩喝着酒，忽然指着我说："你也是好男人！"

我含笑点了点头，没说话。但我心里认为小倩说的完全正确。阿秀看了我一眼，撇了撇嘴，也没说话。

小倩又说："你也是别人老公！"

我又含笑点了点头，虽然没结婚，但我在心里已经认定自己已经是如烟的老公。阿秀又撇了撇嘴。

小倩把酒瓶顿在桌子上，指着我："你昨天占我便宜！"

我被小倩的话吓了一跳，扭头看看旁边的阿秀，只见她正对着我微笑，一脸幸灾乐祸的样子。

这话我可要澄清！

我说："小倩你醉归醉，可别胡说呀！"

小倩哈哈一笑，说："我没胡说！你不但撕破了我的裙子，还看了我的全身，还摸了我，还亲了我。"

我说："那是在救你！"

小倩眼睛一瞪："我什么时候要你救了？"

我顿时语塞，女人蛮不讲理的时候，根本没办法再跟她

沟通了，但我知道，就算小倩是喝多了胡乱说话，但阿秀是个明白事理的人，应该不会认为我做得有什么错。于是我也不解释了，只是摊摊手冲阿秀无奈地笑了笑。

阿秀仿佛理解了我的意思，也笑了笑。

小倩的酒意来了，话也多了，但矛头却指向了我："你说话呀！说话！心虚了是不？不敢说话了是不？我就知道，你们男人都一样！敢作不敢当!"

我干咳一声，还是没说话，阿秀却在旁边笑出声来。

小倩把目光转向阿秀："你笑什么？"

阿秀笑道："没什么，我同意你的观点，男人都不是好东西!"

小倩说："对！男人都不是好东西!"

小倩看起来真的是醉了，说话完全语无伦次，她忽然又指着我说："周浩！周浩!"

我说："你看清楚！我不是周浩！我是凌风!"

小倩一摆手，说："我知道，你不用说！我是说、说周浩、周浩回去做厂长了，有保镖！我杀不了他!"

我好奇道："做个小厂长也有保镖？"

小倩哈哈一笑说："他……他的保镖就是那个臭女人哪!"

我说："是的，他有保镖，你还是不要想去杀他了，而且杀人是犯法的。"

小倩指着我："你……你……"

我说："我怎么了？"

"你……你也占我便……便宜了……"小倩对着我笑，那笑容看起来傻乎乎的。

我说："我没有。"

小倩晃着酒瓶，对我说："我有个秘……秘密想……想告诉你……"

我笑问："什么秘密？"

她把手掌竖在嘴边，对我招了招手，我便把耳朵靠向她："什么秘密？"

"占我便宜的男人，都要干掉。"她在我耳边大声地说。

我被她的声音刺得耳朵生疼，刚要闪开，忽然感觉脑门上一疼，就失去了知觉。

醒来的时候，我还是趴在饭桌上，阿秀的手在用力地摇我的肩膀。脑门还是隐隐作疼，我对阿秀说："别摇了，别摇了，已经醒了！"

阿秀停止了动作，却掩着嘴笑起来。

我恼道："笑什么？"

阿秀笑道："笑你这么不经打，一个啤酒瓶就敲晕了！"

原来我是被小倩用啤酒瓶敲晕的，女人哪女人！真不知道她们在想什么！

我骂道："还好说，见她出手也不帮我！"

"哪里来得及啊？她出手好快，我反应过来的时候，你已经趴下了。"阿秀还是笑着，"你占了人家这么多便宜，挨一下也不算过分！"

我正色道："我再说一次！当时是为了救她！"

阿秀耸了耸肩，一副幸灾乐祸的表情。

我问："她呢？"

阿秀指了指房间："醉倒了，我扶她去你的床上睡了。"

我无奈地坐在沙发上："现在怎么办？"

阿秀说："过了今晚，她应该就差不多没事了，我打算在这里陪她两天，然后把她带走。"

阿秀一直都想带小倩去周游，现在这情况，小倩跟阿秀走是最好不过的，到祖国的名山大川看看，心情就会开朗，烦恼事就很容易忘掉，而且阿秀是个只身闯荡江湖多年的人，照顾小倩应该不成问题。

我摸了摸还在隐隐作疼的脑门说："既然这样，你带她走或许是好事！对了，她有没有把她跟周浩分手的详细经过告诉你？"

阿秀摇了摇头说："我根本没问，只有傻瓜才会在她心情不好的时候去问这些问题。"

我想了想也是，不管周浩是怎么走的，已经不重要了，结果都已经这样了，还有什么好说的？不知道周浩知晓小倩为他自杀之后又会有什么反应呢！

我想了想便说："你既然打算在这里陪她几天，那干脆我先避开一下。"

阿秀问："你去哪里？"

我说："我去哪里都好，反正不想在她醒来的时候再让她看见我了。"

阿秀"哈哈"笑道："被打怕了？"

我说："不是这个原因，主要是因为她现在更需要你的关心，而我那天为了救她拉扯过她。难免有点尴尬，干脆我先避开，等你把她带走了之后我才回来。"

阿秀想了一会儿，说："我是怕她醒来之后变成第二个李心!"

我一呆："什么意思?"

阿秀说："毕竟你又占过她的便宜，当她对周浩完全死心了之后，很容易就会想起你的好，很容易又会对你产生内疚，嘿! 然后……"

我打断她的话说："我现在就走!"

阿秀想了一会儿，说"也好! 你走吧，给我一条备用钥匙，三天之后回来就可以了。"

我拿出一把钥匙给她："你们走之前给我打个电话或信息。"

阿秀点头道："放心吧!"

看看时间，现在才晚上 8 点多。我胡乱收拾了两件衣服，像难民似的离开了桃源。

第七章

逃

我身上的现金并不多，幸好还记得把银行卡带在身上，站在路边犹豫了不到半分钟，我就叫了辆出租车，往深圳赶去。

在车上，我盘算着自己该去找如烟还是李心。她们都不知道我会在这时候跑到深圳来，如果我去找李心的话，不用说，她肯定是高兴得不得了，甚至有可能喜极而泣，但想起她离开桃源之前的情景，我又怕她从此会把更多的感情放在我身上，那是害了她！

如果去找如烟，我又怕她不愿意见我，毕竟现在离两年的约定还有很长的时间，我这样贸然去找她，她会不会生气？

但我想了一下，还是决定去找如烟，我为自己找了个理由，圣诞节那天，如烟已经先违反了约定，现在我违反一次，应该说得过去！

出租车在高速公路上飞快的奔跑着，我忽然又想起去年五四青年节那天，我跟如烟初到深圳时的情景，那天好像下

着雨，我把她送到楼下，然后才去找旅店的。这大半年经历了这么多离离合合的曲折，现在想来，犹自昨天刚发生一样。

没到10点，就到了深圳，这时候，如烟的服装店和李心的影碟店应该都还在营业，不过也快打烊了。

我想了一下，便让出租车在街角处停下。

远远看去，两个店子都还亮着灯，我不敢走过去，因为她们的店子是相邻的，如果同时被两个女人看见我，真不知道该怎么应付。

在街角站了一会，就看到影碟店先关门了。一个女孩子拉上卷闸离开了影碟店，看背影却不像是李心。我想认真看清楚的时候，那女孩已经转进了另一条街，看不见了。

又过了一会儿，如烟的服装店也关了灯，我马上留神起来。正在锁店门的正是如烟！她那娇小的身材，我一眼就认出来了！我连忙走了过去。

如烟显然没有发现我在后面跟着她，她关好了店门之后，就往公共汽车站走去。我知道她每天都是看准时间关门赶最后一班公车回家的。

我还在考虑该怎么让她发现我的时候，公共汽车就来了，如烟踏了上去！我连忙小跑几步，也上了公车。

由于是末班车，车上的乘客很少，很多座位都空着。我上车一眼就看到了如烟，她正向车尾走去，我马上就跟在她身后，她找到位置坐下来的时候，我就坐在她身边的位置上。

好久没有试过跟她一起坐公共汽车了！离开深圳半年以来，我的心情都没有试过像现在这么激动。

窗外，深圳的夜景在灯光中缓缓闪过，璀璨而魅惑，如烟的眼神注视着窗外，我没惊动她，只是默默地在她身边坐着。

过红绿灯的时候，车子停了下来，我忍不住轻轻地把手横放在她座位的靠背上，这个傻瓜，还是没留意到我！

交通灯由红转绿，车子又继续开动了。如烟忽然觉察到什么，先是把头扭向另一边，看了看自己的肩膀，我知道，她发现我搭在她座位靠背上的手了。

然后如烟猛地转过身来，愤怒地看着我！

这不是意外！我想任何女孩子在自己的靠背上发现一只陌生男人横放着的手，都会愤怒的。

我笑嘻嘻地看着她，看着她的表情，她先是愤怒，然后就愣住了，脸上的表情像电影定格一般僵在那里，然后她就扑进了我的怀里，粉拳捶在我的胸口上，骂道："你你你！什么时候来的！混蛋！"

我得意地笑着，轻轻地把她抱住，在她额头上亲了一下："欢迎吗？"

她忽然推开我："你违反约定了！"

我笑着，温柔地说："今天是圣诞节。"

今天当然不是圣诞节，我只不过是在提醒她，是她违约在先而已！她能违约，我当然也可以！

她笑着说："坏蛋！清明都没过，就想圣诞了！"

我说："虽然不是圣诞，但我想你！"

看来我来找如烟是没错的！在我思念她的同时，她肯定也在思念着我！

我和如烟默默享受着黑暗中的宁静，良久，如烟才说："我要回家了。"

我的手指在她背上画着圈，轻抚着她迷人的曲线："今晚别回去了。"

她犹豫了一下，便给家里打了个电话，跟她妈妈请了个假，说是跟朋友去玩了，所以晚上不回家睡觉。

简单的几句话，她就挂了电话。把脸伏在我胸膛上说："今晚陪你。"

我笑了笑："现在你跟妈妈请假变得这么简单了?"

可能是听出了我的话外音吧，如烟缓缓地叹了口气："你离开深圳之后，一切都变得很简单了。"

我理解，我能理解她的话，也能理解她家人的想法。或许他们认为如烟除了我之外，跟谁在一起都可以吧。

我苦笑道："我真的就这么让你家人讨厌?"

如烟说："他们不是讨厌你，他们也认为你是个好人，但他们不希望我现在重新跟你在一起。"

"我明白!"我说，"他们是怕我以后会欺负你，好马不吃回头草。"

"我妈说过，那件事在你心里始终都会有阴影的，你就算现在不介意，但以后呢?"

我忽然想起了李心，如烟背叛了我，而我又何尝不是背叛了如烟？感情的事，如果真的要计较得太多，就没有意义了。

我在她额上亲了一下："现在不会，以后也不会。"

如烟的指尖画着我的胸膛，忽然问："你现在跟李心怎么样？"

我一愣，反问道："什么怎么样？"

她幽幽地说："你知道我在问什么。"

我知道她在问什么，但我不知道该怎么跟她说，或者是不知道该不该跟她说。

我犹豫了一下，说："她还是喜欢我，但我相信她会忘记的，我把我们之间两年的约定告诉了她，让她也等两年，两年时间，足够她忘记我了。"

我知道这是违心的回答，以李心对我的依恋，两年内她根本不可能忘记我。我忽然又想起她离开桃源的前一天晚上。

"那两年之后呢？如果她还是喜欢你，怎么办？"如烟问。

"到时候再说吧，或许到时候一切都已经改变了！"我敷衍着，但我真的不知道该怎么回答。

如烟忽然又叹了一口气："其实，爱情真的是经不住时间考验的。"

我一愣："为什么这么说？"

"不是吗？"她说，"才分开多久？我就受不住离别的煎熬了。"

原来她说的是这个意思，我心里一动，接着她的话题说："那不如我们就不要再考验了，我直接回深圳陪你？"

她摇了摇头："你不在深圳，可能我们还多一点机会见面，如果你在深圳又让我家人知道了，或许连见面机会也没

逃

195

有了!"

"为什么?"

"他们现在到处在帮我物色对象呢!美国、加拿大都有。"如烟半开玩笑地说,但我知道那是真的。现在多的是华侨回来娶国内的女子。

我叹道: "真害怕你家人把你嫁到国外去!不如我们学阿秀那样,到五湖四海去闯荡?"

如烟说: "别说得那么天真了!我们暂时还是维持现状吧!"

我搂紧了她: "你24岁了!"

如烟叹道: "你也30岁了!"

我不知道我们还要等到什么时候!但没办法,人不能只为自己活着,毕竟每个人都不是单独生存在世上的,每个人都有家人!

我只能面对这个事实,而如烟也是无可奈何。

我搂着如烟,柔声说: "今朝有酒今朝醉,明天的事,明天再说吧!"说完,我又把她搂得紧紧的。

如烟轻轻推开我: "你还没告诉我,你为什么会忽然回深圳呢!"

我简单地把小倩的故事告诉了如烟,当然,省略了救小倩时的情景。怕惹来不必要的麻烦。

如烟听了也是唏嘘："现在这年代，像她这么痴情的女孩子已经很少了。"

我想了一下，说："我觉得她并不是痴情那么简单。"

"为什么这么说?"

"我觉得她主要是对人生失去了希望，因为她原先把一切希望都寄托在周浩身上，当周浩一离开，她就变得什么也没有了，所以才绝望而致产生自杀的念头。"

"那归根到底还是因为周浩离开她而引起的!"

"话是这样说，但根本原因却不是因为痴情，而是因为现实!"我说。

如烟想了一下，说："说不过你! 你总是有道理的!"

如烟忽然又问："你打算在这里呆三天?"

我点头道："当然，鹊巢鸠占，我能怎么样!"

如烟说："小倩的家不是在你房子附近吗? 她怎么不回家?"

我笑着说："她已经够伤心了! 难道还要她再回那个伤心地继续缅怀?"

如烟点了点头："说的也是! 但桃源是你和李欣的伤心地，你怎么又住得这么开心?"

真不知道她为什么这么多问题! 这个问题可不好回答! 当初我决定回桃源的时候，根本没想到这么多，而回去之后，开始时确实是经常会触景生情地怀念李欣，但后来我是想通了，人死不能复生，怀念只是怀念而已! 没必要伤心! 何况我还有如烟!

这些话，是不能对如烟说的，免得她又想出什么古怪的问题。

如烟忽然说："好几天没看见李心了，不知道她现在怎么样。"

她忽然冒出这句话来，我便有点吃惊，之前我就觉得影碟店关门的女孩不像是李心！李心怎么了？

我呆了一下，随口说："现在你们虽然算不上是好朋友，但处在相邻的店子，表面的客套功夫应该都还过得去吧？我离开深圳这么久了，她做什么，你应该比我还清楚。"

如烟摇头道："我现在很少跟她聊天了，我也是前天才留意到她的店子换了个女孩在守柜台。"

如烟说完，马上又接着说："你离开深圳这么久！哼！她又不是没有去看过你！"

她两句话是分先后说的，我一下子反应不过来，干脆便不作声了。

如烟又说："就算你跟她发生了什么，我也不会介意的。"

女人最喜欢骗人，尤其是在这种时候，所谓不介意之类的话，基本上都是陷阱，一不小心踩下去，就是地雷！我是吃过亏的人，心里明白得很。于是便笑了笑说："你应该对我的控制能力有信心才对。"

如烟"哼"了一声，说："别的我不知道，但我清楚李心的身材相貌。"

我赔笑道："再漂亮，也不是我老婆。"

如烟的语气忽然就变得很认真："我还知道一件事。"

"什么事？"

"你对我没有以前那么狂热了！"如烟看着我，她的眼神仿佛带着一种看透我思想的力量，让我浑身不自在。

女人的敏感实在是让人吃惊！就连一些细小的反应，她们也能感觉得出来。确实，刚才在跟如烟亲热的时候，我是比以前少了很多狂热，虽然很努力，但却有了力不从心的感觉。

我被如烟看得很不自在，只好说："可能是坐车的原因吧，在高速公路上飞了两个小时，疲倦了。"

如烟还是盯着我，认真地说："感觉你不是身体的疲倦，而是精神上的疲倦！或者说是对我的厌倦！"

如烟的话，让我心里吃了一惊，真的是这样吗？

我忽然想起李心！想着李心离开桃源之前的那个晚上。

而现在！当我面对如烟，我的反应却显得如此差劲！竟让如烟感觉到我的疲倦！

我强笑着对如烟说："你别往歪处想，我确实是坐车累了！"

如烟看着我，缓缓地叹了口气，说："你既然累了，就睡吧！"

我明显地感觉到如烟对我的一丝不满，但我却不知道该说什么！心里好像有很多话想说，却不知道从何说起，干脆便拥着她，柔声说："睡吧！好久没这样抱着你睡了。"

如烟忽然又叹了口气："不知道你还能这样抱我多少次！"

我抱着她，轻声说："你想要多少次就多少次。"

4

第二天早上醒来的时候，如烟已经走了，不用说，肯定

是去了服装店。于是睁着眼睛在床上躺了一会儿，心里记挂着李心的事，还是爬了起来。

我不担心小倩，因为有阿秀陪着她，以阿秀的能力，就算不能说服她，也能制服她！我担心的是李心，影碟店换了人她也不打电话跟我说一声，似乎说不过去，再怎么说，这影碟店当初还是我投资的呢！

我不是计较那个小小的店子，这店子，我一直都说要送给李心的，只是她不愿意接受而已！所以至今她还是每个月把经营所得的一半利润划到我的账户上。

满脑子的疑问，走在深圳的街道上，我无心观赏身旁的都市景色。说实在，深圳的白天，没什么好欣赏的，往来都是匆匆的人流，每个人都显得很忙碌，每个人都像身后有只老虎在驱赶着一样。高楼大厦，除了高，还是高，站在楼底往上看，很少有看得见楼顶的，感觉楼顶都已经没入了云端。深圳的漂亮，大概只在晚上吧！晚上有灯，灯火璀璨，五光十色，也只有在晚上，深圳的人群才不会显得那么忙。

我没有坐公共汽车，只是沿着街道慢慢地走着，走到店子的时候，已近中午。李心的影碟店和如烟的服装店都在开门营业。我想了想，决定不去打扰如烟，因为她的妈妈经常会来店子陪她的，万一被她妈妈看到我，一切就完蛋了！

我沿着一排商铺走过去，像做贼一样闪进了影碟店。

影碟店里，有几个客人正在选购碟片，柜台上坐的人，果然不是李心，而是一个看起来才十八九岁的小女孩。

好久没来店里看过了，环顾四周，发现李心确实用了不少心思在上面，不但打扫得一尘不染，还在碟架上挂了不少小饰物，整个店子看起来清洁而整齐。柜台上挂着一个木雕的财神爷，旁边写着"招财进宝"四个美术字，那小女孩的座位就在财神爷下面。

我心里暗笑，这李心原来也是信财神的！以前我自己看店的时候都没这么多花样呢！

几个选碟的顾客交钱走了，我见店里再没什么外人，就走近柜台，问那小女孩："请问一下，李心为什么不来开店？"

那女孩警惕的看了我一眼，反问道："你是谁？"

"我？我是她朋友。"我说，"好朋友。"

"哦！"那女孩道，"我姐姐她出去了！"

"你姐姐？"我有点奇怪，从来没听李心说过她还有个妹妹！

"我堂姐！"那女孩说，"你找她有什么事？"

我问："这里现在都是你在看店吗？"

女孩道："我来了快 10 天了！你是什么人？找我姐姐做什么？"

"我说了我是她朋友啊！"我说，"你说李心出去了，是刚走出去？还是出去别的什么地方了？"

女孩道："是出去了！出去深圳了！"

这女孩说的是湖南口音，我听得糊里糊涂，也不知道她说的是离开深圳还是到深圳闹市区去了！

我只好又问："她有没有说什么时候回来？"

女孩摇了摇头说："她没说，不过我想可能要很久。"

我吃了一惊："为什么？"

"她告诉我的呀！她把我带去进货，还教会我怎么经营！"女孩说，"如果她不是要很久才回来，干吗教我这么多东

西?"

这女孩子说话虽然不清不楚，但好像还挺聪明的。听她说话，我就知道李心已经离开了深圳！但李心干吗要走呢？她去哪了？

我心里一动，便问那女孩："你住在哪里？"

女孩盯了我一眼说："你是什么人？我干吗要告诉你？"

看来她确是李心堂妹无疑！连说话的语气和风格都跟李心如出一辙！

我耐心地说："我刚才已经说过两次了，我是她好朋友！真的，没骗你！"

那女孩又盯了我一眼，却不再说话。

我有点哭笑不得地站在那里，想来想去，也猜不透李心干吗要一声不吭就离开深圳。难道是家里又发生了什么事？但李心父母双亡，唯一的亲姐姐又嫁了人，应该没什么家事了呀！

想不通！

我只好硬着头皮又问那女孩："你姐姐走之前有没有说她打算去哪里？"

女孩摇头道："没说。"

我又问："那她有没有留下什么话？"

那女孩一拍桌子，从椅子上站起来说："我说你这个人！有完没完？进来问这么多问题！烦不烦？"

她那样子，让我看了想笑，难道李心家的女孩都是这么野蛮的？

我忍住了笑，认真地说："我最后再说一次，我不是坏人，是你姐姐的好朋友，而且这个店子，当初我也有投资的。"

那女孩听了我的话，脸上马上就有了笑容，连说话也温柔了："原来是你啊！我知道你！"

我好奇道："你知道我？"

女孩道："是啊！姐姐跟我说起过你，对了，我是她堂妹，叫李好。"

我点了点头说："李好！你好！"

李好笑了笑，说："我知道我姐姐很喜欢你！走之前还吩咐我每个月把这里的一半利润汇到你的账号上。"

既然她知道我，就好说话了，我直截了当地问："现在有没有什么办法找到你姐姐？"

李好摇了摇头道："没有！她走的时候连电话都没带，还说要我不用管她，她如果不回来，这店子我就一直经营下去。我现在就住在她原来住的房子里。"

李心居然连电话也不带就离开了深圳！这可真是怪事了！按李好的说法，她已经离开有 10 天了，居然也没给我来个电话，到底是怎么回事呢？

我把自己的电话号码留给李好，吩咐她只要有李心的消息马上就给我打电话！然后才一头雾水地走出影碟店。想来想去，都想不出个所以然。干脆就按了阿秀的电话号码。

阿秀知道李心无声出走之后也觉得很意外！"我是 12 天前离开深圳的，这样算来，我走后第三天她就走了。"

我问："那她堂妹你应该见过呀！"

阿秀说："见过，李心从你那里回来之后没几天她堂妹就来了，她堂妹好像叫李好。"

"这样看来，她是有预谋的出走了！你这个猪！居然一

逃

点先兆也看不出来？"我埋怨道，"有你这样做姐妹的？"

阿秀在电话里叫道："我怎么知道她要走啊！我们一人一个房间，她要干什么，我怎么知道！"

现在骂阿秀也是于事无补，我便问起了小倩的情况。

阿秀说："小倩的情况已经好转！醉酒之后，愿意说话了。"

我说："那你就快点带她走吧！免得麻烦。"

阿秀说："现在我就在劝她，希望她跟我走。"

"那你慢慢劝吧！我想一下有没有什么办法可以找到李心！这丫头！也不知道搞什么鬼名堂！"

我挂了电话。

我开始后悔来了深圳。如果没来深圳，我根本不知道李心在玩人间蒸发！有些事情就是这样，不知道还好，知道了就烦，事不关心，关心则乱。现在她连手机也没带就走了，我上哪里找她去？

剩下来的大半天，我都在胡思乱想、恍恍惚惚中度过，我根本没有办法知道李心的下落！我跟李心的共同朋友只有阿秀和漂亮房东。下午，我给房东打了个电话，漂亮房东也跟阿秀一样，完全不知道李心离开了深圳。

李心到底去哪了？干什么去了？为什么不告诉我？这些问题在我的心头烦扰着，让我连晚饭都没心情吃。

晚上，我偷偷地去如烟店子把她接回了酒店。跟她说起这事的时候，如烟先是惊讶，继而若有所思，好一会儿，她忽然问我："你能不能认真地回答我一个问题。"

她很少这么认真跟我说话的，现在的表情严肃得让我吃惊，我不知道她的葫芦里卖什么药，但还是点头道："你问。"

如烟看着我的眼睛，很严肃、很认真地问："你和李心之间，一定不是你跟我说的那么简单！你能不能如实地把事情告诉我！"

她问得很认真，认真得让我心慌，我不知道她为什么忽然会问起这个问题，但我想她一定猜到了什么。但我跟李心的事，又怎么能真的全部告诉她？我只好含糊地说："我和她没什么，你也知道的，一直都是她在引诱我，而我一直都跟她说我爱的人是你！"

如烟看着我，一字一字地说："我要听真话！"

我坚定地说："我说的就是真话！"

我说的确实就是真话，一直以来，我告诉李心我只爱如烟，实情也就是这样。

如烟说："我再问得直接一点！你们有没有发生过关系？"

我一愣，心里转了千个念头，但不知道该怎么回答她。

如烟说："你不用回答了，我已经知道你的答案了。"

我无话可说，低下了头，算是默认吧。

如烟说："我猜你们不但发生过关系，而且还不止一次！"

我吓了一跳！我觉得如烟可以去做侦探了！我问："为

逃

什么你会这么认为?"

如烟说:"她一直喜欢你!这是大家都知道的,我知道,她也清楚我知道。而你生日的时候她跟阿秀去你那里,我也知道!所以我才没去,免得大家尴尬!"

我看着她,耐心地等着她说下去。

如烟咽了咽口水,继续说:"但她当天没有回来!而三天之后,阿秀回来了!之后是阿秀在看店子。"

我有点不太自然了,说:"继续说!我在听。"

如烟说:"我跟阿秀、李心之间的关系,你是知道的,是因为你而认识,虽然有时候也一起喝酒吃饭,但始终都是表面客气而已,算不上深交,而且李心还是我的情敌。平时两人在各自的店子里,一天到晚大家也说不上两句话,但那天阿秀回来之后,竟主动找我,说李心家里有事,回家了。"

我明白了!阿秀是犯了此地无银三百两的低级错误!

"当时我就怀疑她是不是在帮李心骗我了!然后我打你的电话,一连几天都关机。我就知道李心一定还在你那里。"如烟平静得出奇!她慢慢分析下来,竟如亲眼看见一样,我不得不佩服。

如烟喝了一口水,继续说:"然后我就想到一个很严重的问题!"

我问:"什么问题?"此时的我,已经被如烟无懈可击的分析打败了,甚至失去了否认的勇气。

如烟说:"你想一下!以李心的性格!她一直都那么喜欢你,但从来都不会当着我的面表露出来!她知道你是喜欢我,也知道我已经了解她去了你那里,她居然还敢留在你那里这么长时间不回来!这说明了什么?"

我说："什么?"

"说明你一定是出事了!而她迫不得已要留在那里照顾你!"如烟冷冷地说!

我对她的分析能力已经佩服得五体投地了。

"然后就到了春节!大年三十,阿秀中午就关了店子。"如烟顿了一顿,继续说道:"平时跟阿秀聊天我就知道她的家人并不在这里,如果她要回家过年,就应该提前几天关门了,而她到大年三十才关门,那她去哪里过年?李心是她的死党!桃源离深圳两小时车程!我马上就想到了她的去向!"

我叹了口气,说:"对不起,我不该骗你,其实我们是在桃源过年的,也正如你所说的那样,确实是出事了。我不能回家,我没告诉你,是不希望你担心。"

逃

如烟柔声说:"我理解的,我没怪你。我能猜到你出事,就能猜到你没回家过年,但就算李心和阿秀都不在,我也没办法去看你的,你知道,我家很重视过年。"

话说到这份上了,我也没有必要再隐瞒什么,便撩起了裤腿,让如烟看脚上的伤痕:"我在床上躺了一个多月,都是李心照顾我的。"

如烟轻轻地摸着我的伤痕:"现在还疼吗?"

我摇了摇头:"已经好了。"

如烟说:"你的性格我知道,你是个很小心的人,一般情况下不容易出事,而且那天是你生日,我想应该还有别的原因导致你出事的吧?"

我叹了口气,终于把生日那天因为救李心而被车撞断腿骨的事盘托出来。如烟一直很平静地听着,直到我说完了,她才说:"知道我刚才为什么判断你跟李心上过床吗?"

我问："为什么?"

"我清楚李心的魅力!而且你们不是普通的朋友,不然的话,你不会把影碟店交给她!"如烟缓缓地说,"更重要的是,我了解她的性格,就算她知道你不爱她,她也要证明一下自己的魅力!"

如烟说着,又叹了口气:"你毕竟是个男人!这样朝夕相对,哪里会不出事!"

我长叹一声,再无掩饰,只有无奈地说了一声:"多谢理解!但我真的一直在坚持,直到最后一天才失守的。"

如烟轻声说:"我不怪你!真的!"

"为什么?"

"我相信你的话。"她说,"相处一个多月,你能坚持到最后一天,已经很不容易了。"

她的话,到底是讽刺还是褒奖?我忽然分不清楚了,我发现如烟不仅仅是一般的聪明,简直是绝顶推理高手了!我更佩服她的冷静,很多事情,她其实早就猜到了结果,却一直没有问我!

我紧紧的拥抱了她一下,真心地说:"对不起,我爱你!"

我抱着如烟,说:"你要知道,我爱的人,始终都是你!原谅我好吗?"

如烟淡淡地笑道:"半年前,我曾跟网友背叛过你,现在你跟李心背叛我,算是扯平了,公道得很!"

我用力地抱紧她:"我们以后谁也不要再背叛谁!"

如烟轻轻地推开我,眼里忽然就有了泪光:"说真的,我并不认为你在背叛我,就如当日我离开你去跟网友相好一样，我只是认为那是在寻找自己的幸福而已！同样，你也有权利去寻找属于自己的幸福。"

我捂住她的嘴，不让她继续说下去："我的幸福就是你！不要再说了，好吗？"

如烟把我的手拨开："以前或许是，但现在，一定不是！"

我抓住她的手，我知道她想说什么！我不愿意听！但如烟还是继续说道："现在！你的幸福是李心！因为她已经成功地占据了你的灵魂！"

"不！"我大声地说，"如烟！别胡说了，好吗？我是真的爱你呀！真的爱！好爱好爱！"

我把她的手贴在自己脸上，说："相信我！不要再提李心了，好吗？不要再提她！"

如烟轻轻地摇了摇头，缓缓地说："已经迟了！"

我说："不迟！不迟！我可以发誓再也不见她！"

如烟笑了笑："是吗？现在是她不见你！知道为什么吗？"

我茫然地摇了摇头说："我不要再去管她！"

如烟说："如果我没猜错，她也一定出了什么事！而且这事一定跟你有关！那么你想一下，有什么事是跟你有关的？"

我想起了那个晚上自己所犯的错误！

如烟很用力地抱着我说："风！你知道吗？一直以来，我都是那么爱你！但一直以来，我都爱得好累！是真的好累！"

我不知道她的话题为什么忽然又转到这里，但我喜欢她

说的话，我喜欢她说爱我！我抱着她："我也爱你！不管多累！我都爱你！"

如烟看着我，柔声问："现在我们认真研究一个问题，好吗？"

"什么问题？"我忽然有了胆战心惊的感觉。

如烟的眼泪忽然就流了出来："你觉得，我们有没有继续谈恋爱的可能？"

6

如烟的问题，让我有点手足无措，我下意识地大叫一声："有！有可能！我要娶你！要陪你一辈子！"

如烟握着我的手，柔声说："你先冷静一点，听我说，冷静！"

她这样说话，傻瓜都知道她想要干什么了！这叫我怎么冷静？同居五年，离离合合所遇到的困难都顶过来了！现在她又想说分手，我是坚决不同意的！

我用嘴唇堵住了她的话，我不要再听什么"再见也是朋友之类"的谎言！我忘情地吻她，我不要再听她说话！

她也没推开我，反而眼睁睁地看着我。她的举动有点反常，我愣了一下，问："你这是什么意思？"

她淡淡地一笑，道："你不是想要我吗？"

我瞪着她，良久说不出话来，终于在床边坐下，点燃了一根香烟放在唇边。

如烟从床上坐起来，把我的烟从嘴边拿去，吸了一口，然后说："你知道吗？有时候做朋友比做夫妻好得多！"

我无语，只是抽烟。

她继续说道："做朋友，不用受家庭的约束，不会有共同的经济压力，不会有什么吵架、闹情绪的事情发生！"

我忍不住问："为什么？"

"因为只是朋友啊！"她说话的味道，有点像哲学家。

"结婚为了什么？传宗接代？合法地生活在一起？"她缓缓地说："为了这些，就要经历这么多的痛苦和压力？"

我看着她的眼睛，说："我只想跟你过一辈子，陪着你慢慢地变老，陪着你走完这个人生！这个世界，没有人能比我更适合你！"

逃

如烟没理会我的话，继续说："现在这年头，结婚证就像张废纸一样，男女之间只要是你情我愿，什么事情都有可能发生。"

她说的是实情，我也有这种感觉。

"你想一下，如果我们做朋友，是不是比现在更好？"如烟看着我。

我深吸了一口烟，有些问题，确实是不得不考虑的！

"我们怎么可以做朋友？我们同居了五年！"我说。

"不要说我们同居了五年，很多人结婚十年都还要离婚，又如何？"如烟说："做朋友，我们不用再受父母的压力，而且还可以照老样子，什么时候想念对方了，就见见面开开房，做大家喜欢做的事。"

我一口烟喷出来："你这个骗子！骗我分手之后，你就不会再理我了，难道你结婚之后还跟我出来幽会？"

如烟哈哈笑道："我问你，你是要爱情还是要我？"

"爱情也要，你也要，我的爱情就是你！"

"别自欺欺人了！你要我，我随时给你！现在可以，将来也可以，但爱情！你的爱情已经不在我这里了，在李心那里！"如烟冷静地说。

我不知道她这算不算一个承诺，但我知道她一定是说错了！我说："错了，我的爱情在你这里！"

如烟把头靠在我的肩膀上，柔声说："为什么你不为我考虑一下呢？"

我抱着她："考虑什么？"

"我的家人，我的压力，我的环境！"她说道"我们只要在一起而已！为了一张结婚证要承担这么多东西，你不觉得我会很累吗？"

说来说去，她还是想跟我分手罢了，我知道，李心的事，让她心里很难受，我希望这只是她一时的气话而已！

"为什么要这样？"我不服气的问。

"不为什么！只是为了我们能更好的生活！"如烟说，"其实，这事跟李心无关，因为半年前我就已经这样想了！只不过一直没告诉你而已！"

我摇头说："我不信！"

她又笑了笑，说："你仔细回想一下，就知道了！"

"回想什么？"我问。

"在柳州的时候，我跟你说给两年时间大家享受一下思念，同时接受时间的考验，对不对？"

我点头道："对啊！现在两年还没到呢！而我相信我们一定能经受得住时间的考验。"

"然后我让你离开深圳，是不是？"

我点头道："是的。"

"其实我一直都知道你在桃源，是不是？"

我只好又点头："是的，所以你圣诞节才会过来。"

"这就对了！你现在想一下！这半年来，我们的交往是不是比同居的时候快乐了很多？"

我想了一下，说："这就不完全对了！这半年，其实我们只见过两次面！不存在有多少快乐！"

"你才是错的！"如烟说，"就说圣诞节！如果没有分离三个月的前提，你会不会有那样的惊喜？如果是平时，最多也就是去吃饭看戏而已！"

"那不代表什么！"

"那就代表我的选择是正确的！我当时跟你说两年的约定，其实是给你两年时间适应我不在身边的日子！然后我们做朋友！"如烟说，"那种互相关心一生一世，这样大家都没有压力！"

原来如烟是早有预谋的！难怪她对李心的出现根本没有什么意见了。她心里早就把我当朋友了！只不过是可以上床的朋友而已！

我说："但现在是这样，以后呢？这样的关系能维持多久？你总要结婚的！难道你结婚之后我们还要去偷情？"

"为什么不可以？"她倔强地说。

我摇头道："这样做不好。"

她冷笑一声："现在的好男人能有几个？男人偷情多还是女人偷情多？你专一？还不是一样有了李心？哪个男人不偷情？"

逃

如烟接着说，"没有偷情的男人，何来偷情的女人？"

她这是强词夺理了，我忽然觉得好累！她的话，让我觉得我一直都生活在一个圈套里！一切都在如烟的计划中进行着。而她的计划，就是要把我的爱转变成朋友之间的爱！

"我真的让你觉得这么累吗？"我问。

如烟摇了摇头，长叹一声，说："只可惜我不是孤儿！"

我明白她的意思！话说到这份上，我真的不知道该说什么了！

我又点燃了一根烟，默默地抽着。

"相信我！我依然爱你！但爱不一定要结婚的！同样，结婚也不代表就一定爱了！"如烟倚在我怀里，我忽然感觉她真的只是我的一个好朋友。同居五年，风风雨雨，忽然都化作了过眼云烟，一切都变得那么淡。

"记着我的话，我是女人，任何一个女人，都不可能忘记自己的第一个男人！"如烟认真地说，"你就是我第一个男人！"

我点头，我明白！我完全明白她的意思！我们要向现实低头！只不过是因为她不是孤儿！

"还有一件事，你也必须相信。"她说。

"什么事？"我问。

"我一定不会看错，现在李心在你心里的位置，已经超过了我。"她淡然地笑道，"所以，你应该去找她！"

我心里一颤，抱着她："那你呢？"

"我？别忘了我的话！等你们在一起之后，我会找你偷情的。"她似笑非笑地看着我，"她能偷我的男人，我就能偷她的男人。"

这话听起来不怎么舒服，但理解了之后，就明白了，那个男人始终还是我。

我叹了口气，我不知道自己是不是真的已经爱上了李心，但我知道，我确实挺紧张她的出走！

如烟忽然吻上了我的唇："说了这么多，难道你还不明白吗?"

我已经被她说得晕头转向了，根本不知道是明白还是不明白！我不知道该说什么，这一切好像早在意料之中，好像又全部都在我意料之外，一切都那么矛盾，却又合理。我无力反驳，只是紧紧地抱着她，热情地回吻她。

如烟吻着我的耳垂，小声说："从现在起，你就是李心的男朋友，我是来偷她男人的！"

我一愣，两滴眼泪，不争气地从眼眶里渗出来。

7

这一晚，该说的，已经说了，多余的话，没有必要再说，如烟已经把一切都告诉了我，我也理解了她的苦衷。确实就是这样！世间不如意十常八九，谁也无可奈何！

其实如烟在上次回柳州的时候，就已经决定了今天的结局！只不过我是迟了半年才知道她的想法而已！我也明白了她的苦心，她所做的一切，只不过是希望我不会太难受而已！她爱我，所以就算无奈跟我分开，都还是希望我幸福！而更无奈的是，我让她觉得李心比她更重要，所以事情到了今天，

变得再也无法挽回了。

但我再也没有当日跟她分手时的那种彻骨之疼了，或许真的像她说的那样，我对她的爱在不知不觉中变淡了，又或许是呆在桃源的时间长了吧！随起缘灭，已经看破了。

但我还是牢记着她的话！

"只要你要！我就给你！任何时候！哪怕我已经结婚！"

这算什么呢？难道我真的那么在乎她的身体吗？她给我的，只是身体？爱呢？我相信她也给了我！一直到现在，她都在给我爱！只不过是换了一种方式而已！让自己爱的人幸福，也是一种爱！她所做的一切，就是要让我幸福！因为她知道，如果我们勉强结婚，到头来谁也不会快乐，所以她宁可成全我和李心！宁可反过来跟我偷情！

她嘴巴上虽然说得绝情，虽然把自己说得那么有心计，说得那么小气，其实都是为了一个目的！让我远离她去寻找属于自己的幸福！她甚至告诉了我幸福所在！

而李心！你又在哪里？

我和如烟分开之后，有一天我打了个电话给如烟，她接电话的时候已经很平静了："风！有事吗？"

我说："我已经完全明白和体会你的意思了！我真心说一句！谢谢你！"

那一刻，如烟的声音有点颤抖："风！谢谢你！谢谢你没让我白费心思！"

我的声音，不知什么时候也变得哽咽了："烟！记着！我永远爱你！"

"我也一样！"

是的！不管怎么样，我们都爱对方！但爱了，不一定要在一起！我相信从现在开始，如烟的生活会更多的快乐！至少她不必再因我而跟家人吵架！

而我也明白了！爱她！就让自己幸福！

我要幸福！我的幸福在哪里？我忽然觉得自己很轻松！长期以来，我的心思都牵挂在如烟身上！哪怕李心对我再好再温柔，我都一直压抑着自己的情绪！现在忽然放开！那种感觉就像孙行者脱掉了紧箍咒一样舒服！

或许我还不明白爱情到底是什么！但我已经知道，有时候放弃也是一种美丽！不懂得放弃的人，是不会懂得珍惜的！

我对着话筒，认真地说："烟！今生有你！再无遗憾！"

"风！记着！任何时候！你都可以来找我！"她说，"再见也是朋友！"

"再见也是朋友！"我说！

这算是分手吗？如此快乐的分手，是为了各自的将来而分手？

"任何时候！你都可以来找我！"这句话，包含了太多的东西！是等待还是支持？是鼓励还是盼望？现在都不重要了！我只知道！就算将来她结婚了，老了，我也不会失去她！至少在这一刻，我们的爱永恒了！

跟如烟通完电话，阿秀的电话就来了。她居然真的说服了小倩跟她走！而且是今天就走！

"你随时可以回来了！我们一会儿就走！"阿秀说。

"好的！照顾好小倩，有什么困难就找我。"我问，"有没有李心的消息？"

"没有！你自己慢慢再找吧！我跟小倩周游去了！没事别烦我！"阿秀说完就挂了电话！她的作风向来都是干脆利落，

　　毫不拖泥带水的！也只有像她那样的人，才能把小倩带走！

　　愿她们幸福吧！

　　我又拨通了如烟电话："烟！阿秀已经把小倩带走了，我也要回桃源了！"

　　"好的！你去吧！我会好好照顾自己的！"

　　"任何时候！天涯海角！只要你想见我！一个电话我就来！"我斩钉截铁地说！

　　她沉默了几秒后，终于哭出声音来："谢谢你！"

第八章

伊人何处

回到桃源的时候，已经是晚上，阿秀和小情果然都已经不在了，她们还算比较有良心！走之前帮我把房间收拾得很干净！

这几天的经历有点复杂，我躺在床上，开始慢慢去理顺自己的思路。跟如烟做"朋友"是我的一个大转折！经历了五年的风雨，我们终究还是做了"朋友"！而李心的人间蒸发，却有点耐人寻味，她到底发生了什么事？去了哪里？所有朋友都不知道她去了哪里，唯一知道的，就是影碟店还在！由她的堂妹在管理。

从她安排堂妹来管理影碟店这一点看来，李心的出走是早有预谋的！因为她不但事先教会了堂妹李好怎么经营，还带她走熟了进货路线！那么这样想来，她就不是有意外，而是有计划地行动了！她到底想干什么？

想起来我又有点不服气！当时我为了让李心不再来桃源找我，想在她走了之后就搬家呢！没想到我还没搬，她倒是

先人间蒸发了！

从日期上来看，她从桃源离开到现在，一共是 18 天的时间，而她是在 12 天前离开的。她的堂妹则是在她回去之后的第三天来到深圳，那么就是说，李心一回到深圳，就马上打电话回老家把堂妹叫来了。因为只有这样，她的堂妹才能在她回到深圳之后的第三天到达。而李心则是在她堂妹来了之后的第四天离开了深圳！

那么就是说：李心的出走计划，并不是在深圳形成的，而是在她没有离开桃源之前就已经有这个计划了！

每一个计划都有原因，那么她的原因是什么？如果是在桃源形成的计划！那原因一定是出在我身上！

我仔细回忆了她临走前那几天的行为，也没想起她有什么反常的举动。

真是耐人寻味。

打开电脑，点开电子邮箱，查看有没有什么可疑的信件，或许是她发过来的也不一定，当日如烟两次离开，都有通过网络发邮件给我留言的。

可是翻遍了所有的信件，并没有一封是她的！无奈之下，我只好关了电脑，抽着烟继续发呆了。

抽着烟，看着烟火在我的呼吸中明灭，我的手忽然碰到了一样东西——护身符！

这护身符是我腿伤好了之后去庙里还愿，老和尚给我的，之后就一直挂在我的脖子上了。看到护身符，我的脑海中忽然灵光一闪，想起了老和尚，然后想起当日李心曾经单独跟和尚聊了半个小时！而过后一直对我隐瞒内容！

这其中是不是有什么秘密？我决定明天去找老和尚问个

明白，哪怕有一点点线索也好。

我忽然发现我真的很想念李心，特别是在这个房间里，现在的安静和当日李心在时的热闹对比，显得如此苍白。

我开始相信如烟的话了。李心确实在不知不觉中占据了我的心灵！

躺在床上闭着眼睛，脑海里就开始出现李心的一颦一笑，这些影像是什么时候被我记住的？我竟完全不知道！

我忽然想到那天晚上！李心在引诱我的时候，曾经说过一句话。

"我是要你看得清清楚楚，让你把我的身影烙进脑海！"

而且，她还为了让我看得更清楚而亮了灯！

想起这句话，我心里便确定李心在那时候已经有了出走的念头，又仔细的回想了一下，却再也想不出什么能跟她出走有关的事来，只好早早的关灯睡觉。

2

心里想着李心的事，一晚上都没睡好，天刚蒙蒙亮，我就从床上爬了起来。

走出门口的时候，天色还是一片深蓝，湖边的路泛着淡淡的银灰，附近没有什么行人，只有我在小路上慢慢地享受着春风。

风有点凉，却很温柔，带着泥土的气息和春花的淡淡香味，让我的呼吸为之一振，我在心里祈祷，希望这好天气能

带给我好运气，希望能在老和尚那里得到李心的消息。

天色感觉是一下子亮起来，走到庙里的时候，天色已经大亮了。几个和尚正在打扫山门前的广场，我知道和尚的早课已经做完，赶紧加快了脚步向禅房走去。

没到禅房，就看到了老和尚，他正和几个小僧一起，握着念珠在走廊里缓步，我赶上前去叫了一声："大师!"

老和尚一看是我，脸上就露出了微笑："这么早来找我，肯定有事。"

旁边有小和尚在，我不好说话，于是便客气地双手合十道："大师，我有事请教!"

老和尚微笑着道："跟我来!"

我跟着老和尚走进禅房，那几个小和尚没有跟来，我看四处无人，马上就抓住和尚的僧衣说："今天实在是有事找你，你不跟我说，我就对你不客气!"

老和尚哈哈笑道："刚才还对我毕恭毕敬的! 眨眼工夫就威胁起来了?"

我说："刚才是有小和尚在，给你面子!"

老和尚淡淡地一笑，说："是不是为了女施主那半小时而来?"

看来老和尚好像已经猜出了我的来意，我由衷地说："和尚英明!"

和尚指了指椅子："坐吧! 先喝口茶。"

我哪里有什么心思喝茶啊! 这臭和尚，越是见我急就越是慢条斯理地应付我! 我急道："不喝了，先把我想知道的告诉我吧!"

老和尚说："看你这么急，肯定是发生了什么事，你先把事情告诉我。"

　　我简单地把李心失踪的事告诉了和尚。和尚听后，微笑道："既然她是有计划离开的，肯定不会有意外！你又何必要找她？"

　　和尚的话，让我听得很不舒服，但他好像说得也在理！一直以来，我都是刻意的去避开李心，现在她已经主动消失了，我干吗要找她！

　　但我又觉得不妥，心里好像有些什么东西放不下一样。

　　我说："我不管！至少我要知道她的下落！"

　　和尚摇头道："我不知道。"

　　我说："你就算不知道她的下落，也该知道一些秘密！那天她跟你谈了半个小时，说的什么？从实招来！"

　　我跟老和尚是六年的老朋友了，在外人面前要给他点面子，但现在这里没有外人，我说话就不客气了："不然拳头侍候。"

　　老和尚哈哈笑道："当日你来桃源的时候，有没有把行踪告诉人家？"

　　我摇了摇头，那时候我自己来桃源，是谁也不知道的，连如烟也只是猜想而已，而阿秀则是碰巧遇见的。

　　和尚笑道："你走的时候，没告诉别人；那别人走的时候，为什么要告诉你？"

　　我有点急了："别跟我说道理了，浪费时间，把你们那天的谈话内容说出来吧！"

　　和尚点头说："可以！"

　　我马上问："说了什么？"

　　和尚说："她问，如何忘情。我答，因何有情？然后她

问，情牵一线，线在何方？我答，线在无踪处！"

　　和尚说完笑眯眯地看着我，我问："半小时就说这几句话？"

　　他点了点头："还不够吗？"

　　够了！我完全明白李心跟和尚的对话！理解了李心的思想，也理解了和尚的回答，我气道："和尚什么不好说，却要说什么线在无踪处！现在她真的消失无踪了！怎么办？"

　　和尚微笑道："真的消失了？"

　　我点头："是的。找不到了，连手机也没带！"

　　和尚还是微笑："是消失了还是出现了？"

　　我一愣！和尚的话，另有意思！

　　一直以来，我都以为自己的心里根本没有李心，因为我爱的人是如烟。不管李心为我做什么，我都不会放在心里。直到现在，她走了，我才发现她已经在我心里了！

　　如果她不消失，我还不会有这种感觉，如和尚的意思就是说，她的消失，其实是为了在我心里出现。

　　我承认我现在是放不下李心了，特别是这几天，细想一下，以前她在深圳的时候，我在桃源，两人也不见面，但为什么就没有现在这种感觉呢？我忽然明白了，以前没有这种感觉，是因为我知道她在深圳，知道她生活得很好，所以很放心，也不会有放不下的感觉，而现在，我失去了她的消息，所有对她的思念就很自然的从脑海中跳出来了！

　　这难道就是爱情？

　　老和尚又微笑着说："缘起缘生，缘尽缘灭。"

　　世间万事皆是缘！我和李心的缘分呢？

我问："缘在何方？"

和尚微笑不语，却用手指了指胸口。

我知道，缘在心里。但我认为这只是虚的，并不实在。现实是李心已经不见了！

我还想再问的时候，和尚却拿起了茶杯说："喝茶吧！"

和尚不愿意再说话，我也不能真的对他怎么样，只好告辞。

走出禅房的时候，和尚忽然对我说："缘在心中，须从根处寻。"

我愣了一下，想再问时，和尚却已经转入内室去了。

回家的路上，我一直在想着老和尚最后说的那句话。

"缘在心中，须从根处寻。"

到底是什么意思？指的是什么？根在哪里？

想不通。我坐在床上想不通，躺在床上也想不通，心里便开始骂老和尚，这和尚好好的话不说，就爱打哑谜，看来是想把我折磨死！

但我知道老和尚的作风，他一向都这样，说些句子让我自己去思考，用他的话来说，自己思考出来的答案，才是真正的明白。

但我就是想不明白他这句话的意思！

迷糊中又睡了过去。才睡没多久，就被电话铃吵醒了，

看看来电显示，是一个陌生的电话号码，我心头狂喜：知道我电话号码的人不多，难道是李心用别的手机号码打来的？

我按了接听键："喂！"

电话的另一面传来一个男人的声音："老李！麻将三缺一！快来！老地方等你！"

我愣了一下，说："我不是老李！你打错电话了！"

对方哈哈笑道："别装了！是不是老婆在身边脱不开身？"

我心情本来就不好，马上就对着话筒大声吼道："我不是老李，你打错电话了！"

我想对方是被我的声音震伤耳膜了，我话音刚落，电话就挂了。

白欢喜一场，原来是个搭错线的电话！

把电话丢在床头，拿出烟刚点燃，电话又响了，一看来电显示，又是陌生电话，但好像不是刚才那个搭错线的电话号码。我心里一动，总不会两次都是搭错线吧！

我怕这次真的是李心打来的电话，想了一下，还是按了接听键。

谁知道又是个男人的声音，不过这次换了一个男声："请问是凌风吗？"

对方能叫出我的名字，不会是搭错线的电话！但我朋友的电话号码都是按姓名储存在手机里的，我想不出还有谁知道我的电话。我狐疑地问："我是凌风，你是谁？"

"不好意思，打扰你了。我是周浩！"电话另一端的人竟是周浩，我有点意外。

"你怎么知道我电话号码的？"因为小倩的原因，我对周浩没有什么好印象！

"我在小倩的电话本里翻到的，我记得你，我们在庙里见过面，小倩还说你是她目前唯一的朋友。"周浩说。

"有什么事？"我硬邦邦地问。

"是这样的，我想找小倩，不知道你有没有她的消息？"

"她死了！"我不想跟他说话，也不说再见就直接挂断了电话。

过了不到两分钟，电话又响了，一看还是周浩的电话，我干脆就懒得接了，任由它响吧！这男人害小倩自杀不算，连我也被害得几乎命丧碧波湖，跟他没什么好谈的。

电话声停了，过了一会，又响了起来，还是周浩的电话，我这回恼火了！按了接听键对着话筒说了一句："别再烦我！"然后就挂了电话！

想了一想，干脆直接关掉了手机。

我正在为寻找李心而心烦，他一个负心汉子又找什么小倩！我跟他又不熟悉，打电话烦我，真他妈的不知所谓！

迷糊中又睡了过去，没想到才睡一会儿，就被敲门声吵醒了。我心里一阵狂喜！小倩跟阿秀周游去了，如烟又在深圳，除了李心，还能有谁来敲我的门！

我连鞋子也没穿就扑出去开门。

门外站着一个男人，竟是周浩！

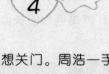

我一见是周浩，就想关门。周浩一手抓着门框叫道：

"先听我说，先听我说！"

我怒道："有什么好说的？小倩不在我这里！我跟你也不熟！"

周浩说："我知道你们对我有意见，但可以听我解释吗？"

我想了一下，反正是无聊，就听一下又何妨？于是我说："进来吧！我就听一下你有什么话说！"

周浩连声道谢的走进我的客厅。

我问："你怎么知道我住在这里的？"

周浩说："那次我跟小倩散步的时候，谈起你，小倩指着这里说你住在这里。"

我指着沙发说："坐！有什么话，最好快点说！"

周浩显然有点紧张，擦着额头的汗水，说："我知道，你们因为小倩对我有很大意见。"

我冷冷地说："已经知道的事就不要说了。"

周浩连连点头，接着说道："其实，我也是没办法呀！"

"什么叫没办法？"我不屑地说，"一句没办法就可以一走了之？你知不知道？小倩几乎死了！"

周浩吃了一惊："你说什么？"

我大声道："小倩为了你自杀！几乎死了！还几乎把我也害死了！"

周浩紧张地问："那现在呢？"

我说："现在？现在关你什么事？你来找我的目的是什么？我没有时间！你有话最好快点说，没话我就关门谢客了！"

周浩说："我知道，我是不该在那时候离开她，但你是她朋友，也曾经帮助过我们，应该知道当时我们的难处。"

我说："两人在一起，应该是有难同当才对！你这样丢下她，算什么？"

周浩说："你先平静地听我说好吗？我知道你们都关心她，而我也同样爱她！我走是有原因的！"

我冷笑道："你当然有原因！现在你又是厂长了！"

周浩没理会我的讥讽，继续说道："当时的环境，我们都找不到工作，连吃饭都是靠你借给我们的钱，这样的日子，我们心里过得都难受，而且我母亲又极力反对我离婚。"

我说："那又怎么样？"

周浩说："我和老婆一直都没签离婚证书，她一直都希望我回去，而且还发誓说只要我回去，一切由我作主。"

我不屑地说："所以你就回去了！"

周浩说："你想一想当时的环境！我能不回去吗？就算再怎么样，我母亲那关，就过不了！"

我怒道："你让人家小倩做二奶的时候，怎么不说你母亲那关过不了？"

周浩被我质问得脸色一阵青一阵白的，喘了几口气之后才说："我跟小倩刚开始的时候，我家里是不知道的。但后来我说离婚，我老婆就闹到我妈妈那里去了。"

我冷冷地看着他，等着他的下文，我知道他来找我，不仅仅是为了说这几句话。

"其实，回家过年的时候，我就认真地考虑过了，我跟小倩这样下去，是不会有什么好前景的。"周浩说，"所以当我老婆再次叫我回去的时候，我就答应了。"

我说："你们两个都是年轻人，同心协力又怎么会养不

活自己！你说的都是借口！"

周浩说："你先听我说完好吗？我答应我老婆回去，但有个条件。"

我问："什么条件？"

"我要她拿10万元出来给小倩，我才回去！"周浩说，"开始的时候我老婆不肯答应，但后来见我态度强硬，我还发誓说只要她把钱拿出来，我回去之后绝对不提离婚，好好地跟她过下半辈子！"

我开始有点明白周浩的意思了，但我觉得还是不能原谅他。金钱不代表一切！

"后来我老婆就答应了，但她说怕我反悔，要我先回去，然后才给我钱！"周浩说，"所以三天前的中午，我就跟小倩说分手，也不管她的阻拦，就回了老婆那里。"

我说："当天晚上，小倩投湖自杀，如果死了，再多钱也没用！"

周浩低头说："我知道这样不对，但那时是没办法的办法，我不能跟她说原因，我怕她不答应。现在或许她会很恨我，但恨完之后，她就可以开心快乐地生活。"

我说："你说的都是什么话！如果不是我及时相救，人都死了，还会开心快活！"

周浩说："我真的想不到她会自杀的，我想她最多只是痛哭一场而已，等我把钱拿给她之后，她可以用这笔钱做点小生意，也算是我的心意！"

我明白周浩的意思，如果他继续跟小倩在一起，不管是家里还是社会给他们的压力都是很大的，而且最重要的还是经济上的压力。我想起我和如烟，何尝又不是因为压力才造成今日的局面！

我对他的敌意稍微淡了一点："那你现在来找我是什么意思？"

周浩说："我直到今天才把钱弄到，但找小倩的时候，发现她的行李不在了，想起她说过你是她的朋友，就找你了，还好她的电话本留在了抽屉里忘记带走。"

周浩说着拿出一张银行卡，说："我知道小倩现在肯定很恨我，我也不指望能得到她的原谅，以后我也不会再找她了，这是我的一点心意！麻烦你帮我转交给她！"

我犹豫了一下，便接过了银行卡，小倩现在没有经济来源，这10万元也算是周浩的一点赔偿吧，总不能让她人财两失。

"谢谢你了！希望你们这些朋友能让小倩快乐！"周浩指了指银行卡说，"里面有10万元，密码是小倩身份证的最后六个数字。"

我收下了卡，对周浩说："事已至此，多说也没什么意思，你放心，我会找机会将此卡转交给她的。"

周浩连声道谢，告辞了。

我躺在床上，心想不管怎么样，这周浩还算是有点良心的，当初敢跟老婆闹离婚。是因为爱小倩，现在虽然是因为家里的压力回去了，但还知道为小倩着想，10万元不是个小数目，可以做很多事了。这周浩错就错在办事方法不对，没有把事情交代清楚就跑了，害得小倩几乎丧命。

不知怎的，我又想起李心，我发现自己真的对她越来越牵挂了，难道如烟不幸言中？我真的已经爱上了李心？

我找不到答案。

5

这天晚上睡觉的时候，我做了个怪梦，梦里只有一个人，就是老和尚。

梦里，老和尚不停地重复着几句话：

"情牵一线，线在何方？线在无踪处。"

"缘在心中，须从根处寻。"

不知道重复了多少遍，我忽然惊醒，天色竟已经大亮，但那两句话，还是在我的脑海中盘旋。

我忽然想起那天跟李心放风筝时她说的话："该放的时候放，该收的时候收，风筝才会越飞越高，如果时机选择不对，效果就完全不一样了。"

联系这些话，我忽然想到了一个很重要的问题——李心消失的目的。目的是什么？她爱我，想引起我的注意，想试探一下我爱不爱她！

从她跟老和尚的对话中就可以看出来，她问"线在何方"其实就是在问老和尚怎么样才能把我像风筝一样牵住！而老和尚说的线在无踪处！就是要她离开我一段时间！好让我好好思考自己的感情是不是在她那里！

是不是这样呢？李心很懂得放风筝的道理，以前她只懂得收，只想把我抓住，从来没想过要放开！是老和尚的话让她想到了这一点，要放开了，看不见了，反而会思念。

事实证明，李心和如烟都是对的，我忽然发现自己真的已经在不知不觉中爱上了李心!

我再次思考老和尚的那句话:"缘在心中,须从根处寻。"

心里灵光一闪而过! 我忽然想到, 既然李心是为我而出走的, 但为什么又不让我知道她的出走呢? 万一我一直没回深圳, 她岂不是白走了?

这里有个关键! 我在想为什么没有人知道她去了哪里? 为什么李心为了试探我而出走,却没留下任何让我可以找寻她的线索。

她既然是有预谋的, 就不该留下这么大的败笔。这样想来, 她是根本不担心自己的出走会被我疏忽! 意思也就是说, 她知道我一定会发现她的出走, 这其中又是什么道理?

我再细想了一下,越想越不对路。如果不是小倩自杀,阿秀从峨眉山赶回来,我根本不会去深圳,那我怎么会发现李心出走?

而小倩的自杀是真的! 这件事导致我去深圳, 但李心不是神仙, 她不可能提前就知道小倩要自杀, 也不会想到我会在那时候去深圳。那么就可以确定一个很重要的因素了!

李心一定留了后路。就算我不去深圳, 在适当的时候, 也会有人把李心出走的消息告诉我, 因为只有这样, 她的出走才不会浪费, 她才会知道我的感情线有没有在她手里!

那么, 如果没有小倩自杀事件导致我去深圳的话, 那将会由谁来将李心出走的消息告诉我?

如烟? 不可能! 李心在心里把如烟视为情敌, 连话也少说, 一定不会找她来配合。

她的堂妹李好? 也不可能。因为那时候李好还不认识我。

小倩? 更不可能。因为小倩跟李心的关系还很一般, 而且小倩一直在为自己的感情心烦, 李心也不会去麻烦她。

那么, 剩下来就只有一个人了, 阿秀! 阿秀是李心最要

好的姐妹，也是我的兄弟，一直都希望我跟李心在一起，李心找她帮忙的机会最大。

我忽然又想起老和尚说的"须从根处寻"！根在什么地方？根本的原因就是李心为了试探我对她的爱而出走，而阿秀就是帮凶！虽然阿秀在电话里说她并不知道李心走了，而且还说在李心走之前的两天她就已经离开了深圳，但现在细想，阿秀的话还是有破绽的！

阿秀是李心的好姐妹，但当我在电话里把李心出走的消息告诉她的时候，她除了略显惊讶之外，再也没什么表示，甚至还懒得再跟我提起这件事，这说明她其实是知道李心已经出走的。特别是昨天，她居然在电话里叫我慢慢找，没事别烦她！这样的态度，完全不是她的侠义风格，试想小情出事，她都马上坐飞机回来，而李心出事，她怎么可能无动于衷？

分析到这里，我就笑了，原来和尚说的"须向根处寻"竟是这个意思！

问题的根本就是在于李心根本就是在试我，根本没想过要离开我，所以我也不用太担心，她总会回来的！

嘿，她要跟我耍把戏，我干脆就当不知道！

想明白了这其中的奥妙之后，我的心情马上就开朗了，干脆打开电脑写起《癞蛤蟆日记》来。

6

一连几天，我都不再去多想李心出走的事，因为我已经想到了答案，我知道李心一定会回来的！

但我发现有一点我好像错了，我原本以为自己真的可以安静地等待李心回来，可以若无其事地跟她继续耗时间。但现在，我觉得自己很难受，我对李心的思念竟与日俱增！

这几天，以往和李心相处的快乐片段经常会在我的脑海涌现，而且次数越来越多。深圳的相识、大梅沙的浪漫、合力打架的野蛮、酒后的疯狂……我发现自己竟跟她有过这么多的浪漫！

我又想起她的好，想起她的煽情惹火，想起那一个月的同床异被，想起她跟小情说"我是他将来的女朋友"！

我还想起了她痴迷的眼神，坚定的语气："你能等她！我就能等你！"

李心的一切充斥着我的思想。

我终于确定，我是真的爱上了李心，是真的爱了！在不知不觉中，已经爱了！

当四个失眠的夜晚过去之后，我再也没有犹豫，拨通了阿秀的电话。

一连响了好几声，阿秀才接电话，口齿不清地说："什么事啊？这么早打电话来？人家还在睡觉呢！"

我认真地说："不管你有没有睡醒，但你最好听清楚我的话。"

阿秀不耐烦地说："有话就快说！别装什么正经了！"

我慢慢地说："麻烦你帮我转告李心，我爱她！我想见她！"

这是我第一次将爱字用在李心身上！竟觉得那么自然！

阿秀说："你发什么神经？跟我说这些干什么？我又不

知道她在哪里!"

我已经判定阿秀跟李心之间一定有互通信息的,可这家伙还想装糊涂,看来不逼她是不行了。我想了一下,说:"话我已经说了!怎么做,你看着办吧,明天日落前,如果我看不到她,你们这辈子都会看不到我!"

阿秀叫道:"喂!你说什么?别吓我们哪!"

我说:"话我已经说出口了,现在我就挂机,见到她之前,我不再开机。"

阿秀还在那里"喂喂",我也不说话,关了手机,连电池都拆了出来。

我就想赌这把!看我是赢还是输!

碧波湖的日暮,显得那么恬静。

湖光山色,尽是一片金黄。

一抹彩云,安静地飘在天上,残霞未尽,新月已升。我站在碧波湖边,安静地等待着李心归来。

天色越来越暗,太阳已经落到了山后,李心却还是没有出现。

难道她不来了?

太阳终于完全落到了山后,碧波湖恢复了沉寂,李心还是没来!

我终于失望。

我算错了。

或许李心真的是存心消失的，或许她是真的决定离我而去，或许阿秀根本没有办法联系到她。

踏着沉重的步伐，我慢慢地向我的小窝走去。

我的思想变得空白。

我的视线开始变得模糊。

我已经尽力了！

我不知道还能用什么办法来寻找李心。

李心！我在心里喊道：你知道吗？我真的爱上你了！

远处，传来一阵歌声，旋律竟是那么熟悉，是黑龙的《回心转意》，此时此地，我竟能听到黑龙那忧郁而粗犷的声音！我诧异于缘分，能在这样的心境，这样的环境下，听到这样的旋律，也是缘分吧。

音乐的声音很小，是远处的人家在放的音乐。我哼着旋律，眼睛里的迷雾竟渐渐多了起来。

曾是你陪我度过漫长的那么多天

是你对我说还有真爱

而我却不懂如何呵护你。

爱你，却伤了你的心

就在我的心刚要融化的时候

而你却悄悄地离去。

我多希望你希望你回心转意

因为我将会把你珍惜。

如果一切可以再重来，

我将用生命去珍惜她，

如果一切可以再重来，

　　我将用生命去等待她。

　　我将忘掉那昨天的昨天，

　　用心去爱你直到永远

　　为什么我的爱情,总是这样呢？是不是我前生做错了什么？连李心这么爱我的人都要离我而去,我的人生还有什么意义？

　　如烟说得没错，做朋友是比做爱人容易！如果我是只把李心当作朋友，我想我现在不会那么难受。

　　路灯如萤火虫一样亮着，我忽然看到路灯下有一个熟悉的身影！

　　我一眼就认出来了！

　　李心！

　　她正呆呆地看着我，眼里都是泪水。

　　我毫不犹豫地一把将她拥入怀中："知道吗？我以为你不来了！"

　　李心紧紧地拥抱着我，哽咽着说："我错了！我不该让你担心，对不起！"

　　我吻住她的唇："是我错了！我不该让你等这么久！"

　　身后忽然又有了声音！是掌声！

　　阿秀和小倩就在我的身后为我们鼓掌！

　　阿秀笑着说："你真厉害！这样都能被你猜出来！"

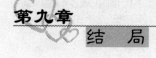

第九章

结　局

客厅里，我、李心、阿秀、小倩围着桌子喝酒。

菜是好菜，我坐出租车到五公里外的餐馆打包回来的，酒是好酒，青岛纯生。

阿秀举起酒杯："为我们的大团圆干杯吧！"

四人举杯，一饮而尽！

阿秀问："你怎么知道我能找到李心的？"

我笑了笑，得意的说："我是天才！会算卦！"

李心在我肩膀上拍了一下："别卖关子了！快说！"

我便笑着把到桃源庙找老和尚的经过和之后自己的分析一一说了出来！

小倩举杯道："敬你一杯，一来是多谢你救命之恩，二来是佩服你的精妙分析！"

我一口把酒喝完，问："你们三个怎么会走在一起的？"

阿秀笑道："也是缘分！"

李心说："我是跟阿秀一起离开深圳的呀！只不过她回来接小倩而我没有来而已！"

没想到我还是算漏了这一点，当时阿秀说她比李心早走了两天我竟信以为真了。还好，这并不影响我对整件事情的

分析！

我问："那你们怎么这么晚才来呀？害得我还以为自己算错了，白白伤心了一通！"

李心笑道："我们确实是在太阳下山前就来了，但她们两个拖着我，不让我出来见你！"

"为什么？"我问。

阿秀说："你让人家李心等了这么久，难道你等一下就不行啊？何况我们还想看看你等不到的时候会不会跳湖呢！"

我骂道："你才跳湖呢！"

说起跳湖，小倩的脸色便有点难堪，我想起周浩留下的银行卡，便到房间里拿了出来交给小倩。

小倩接过卡，愕然问："什么意思？"

我说："周浩给你的！"

于是我就把那天周浩来找我时说的话全部转述了出来。

小倩听完了，举起酒杯，淡淡地道："为爱情干杯！"

我们也都举杯："为爱情干杯！"

李心忽然问我："你是真的爱我吗？"

我点头道："真的！真的爱你！"

她认真地问："确定？"

我说："确定！"

她向我举起酒杯："为我们的爱情，干杯！"

我笑着跟她碰了一下杯："为我们的爱情干杯！"

小倩忽然叹道："为什么好男人都是别人老公呢！"

李心笑道："为什么你不懂得去把好男人抓到手呢！"

小倩便笑了："我明白了！"

李心问："你明白什么？"

小情没回答她，却把目光转向我，柔声问："明天开始，我开始抓你。"

我吓了一跳！李心马上护着我，对小情说："你信不信我可以单手把你打残废？"

阿秀笑道："要男人做什么？买条狗牵着就行了！"

电话铃忽然响了，来电显示如烟的电话号码。

我按了接听键："如烟！"

"风！"如烟的声音还是那么甜，"记得你临走时说过的话吗？"

"记得。"我说。

"无论天涯海角，只要我想见你，一个电话你就来！"如烟说，"我也记得你的话，所以现在打电话给你了。"

结局

我一呆，手上的筷子掉在地上。